BASTEI
LÜBBE

Isaac Asimov

Lucky Starr im Astroidengürtel

Science Fiction-Roman

BASTEI LÜBBE

BASTEI-LÜBBE-TASCHENBUCH
Science Fiction Action
Band 21 141

Deutsche Lizenzausgabe 1981
Bastei-Verlag Gustav H. Lübbe, Bergisch Gladbach
Originaltitel: LUCKY STARR AND THE SPACE PIRATES
Ins Deutsche übertragen von Jens Rösner
Titelillustration: Agentur Thomas Schlück
Umschlaggestaltung: Quadro-Grafik, Bensberg
Druck und Verarbeitung:
Mohndruck Graphische Betriebe GmbH, Gütersloh
Printed in Western Germany
ISBN 3-404-21141-3

I
DAS VERLORENE SCHIFF

Fünfzehn Minuten bis zum Start! Die *Atlas* wartete auf ihren Take-off. Die schlanken hochglanzpolierten Linien des Raumschiffs glitzerten im hellen Licht der Erde, das den Nachthimmel des Mondes erfüllte. Ein Vakuum umgab sie, und unter ihr befand sich der tote Bimssteinstaub der Mondoberfläche. Die Mannschaftsstärke betrug Null. An Bord war keine Menschenseele.

Der Vorsitzende des Wissenschaftsrates, Dr. Hector Conway, fragte: »Wie spät ist es, Gus?«

Er fühlte sich im Mondbüro des Rates unwohl. Unten auf der Erde würde er in der obersten Spitze der Nadel aus Stein und Stahl, dem Wissenschaftsturm, sitzen. Von dort aus wäre es ihm möglich gewesen, aus dem Fenster in Richtung International City zu sehen.

Hier oben auf dem Mond hatte man getan, was man konnte. Das Büro war mit Fensterattrappen versehen, hinter denen phantastisch gemalte Erdlandschaften lagen. Die Farbgebung war naturgetreu, und die in den Attrappen eingebauten Leuchtkörper strahlten hell und verblaßten im Verlaufe des Tages, täuschten so Morgen, Mittag und Abend vor. Während der Schlafzeiten schienen sie sogar in einem schwachen Dunkelblau.

Aber das reichte einem Erdbewohner wie Conway nicht. Er wußte nur zu gut, daß er hinter dem Glas nur bemalte Miniaturen finden und dahinter nur auf einen weiteren Raum oder vielleicht auf kahle Mondfelsen stoßen würde.

Dr. Augustus Henree, den Conway angesprochen hatte, schaute auf sein Handgelenk. Zwischen einigen Zügen an seiner Pfeife sagte er: »Es sind noch fünfzehn Minuten. Kein Grund, sich Sorgen zu machen. Die *Atlas* ist in hervorragendem Zustand. Ich habe sie gestern selbst überprüft.«

»Ich weiß.« Conways Haar war schlohweiß, und obwohl sie gleichaltrig waren, machte er einen betagteren Eindruck als der schlaksige schmalgesichtigte Henree. »Ich mache mir wegen Lucky Sorgen.«

»Lucky?«

Conway lächelte, als hätte man ihn bei einer Dummheit ertappt. »Ich fürchte, ich verfalle auch in die Angewohnheit. Ich spreche von David Starr. Es liegt einfach daran, daß ihn alle Leute heutzutage Lucky nennen. Ist dir das noch nicht aufgefallen?«

»Lucky Starr, eh? Der Name paßt zu ihm. Aber warum gerade er? Ist das Ganze etwa seine Idee?«

»Genau. Einfälle dieser Art sind typisch für ihn. Als nächstes wird er sich wohl das Siriuskonsulat auf dem Mond vornehmen, denke ich mir.«

»Ich wünschte, er täte es wirklich.«

»Mach' keine Witze. Manchmal kommt es mir so vor, als bestärkst du ihn auch noch in seiner Auffassung, alles im Alleingang zu unternehmen. Das ist der Grund, weswegen ich auf den Mond gekommen bin. Ihn will ich im Auge behalten, nicht das Raumschiff.«

»Wenn du deswegen hier bist, Hector, bist du aber nicht am Ball.«

»Na ja, ich kann ihm doch nicht wie eine Glucke hinterherlaufen. Bigman ist aber bei ihm. Ich habe dem kleinen Burschen zu verstehen gegeben, daß ich ihm das Fell bei lebendigem Leibe über die Ohren ziehen werde, falls Lucky sich dazu entschließen sollte, auf eigene Faust in das Siriuskonsulat einzudringen.«

Henree lachte.

»Glaub' mir, er würde es tun«, brummte Conway vor sich hin. »Und was das Schlimmste daran wäre, er käme auch noch damit durch.«

»Na und?«

»Das wäre doch geradezu Wasser auf seine Mühle. Eines Tages wird er dann ein zu großes Risiko eingehen. Wir können es uns nicht leisten, ihn zu verlieren, er ist viel zu wertvoll!«

*

John Bigman Jones schlurfte, seinen Bierkrug mit äußerster Sorgfalt balancierend, über den Boden aus festgestampftem Lehm. Die Pseudo-Gravitationsfelder hatte man nicht über die eigentlichen Stadtgrenzen hinaus ausgedehnt, also mußte man sich hier draußen im Space Port unter Mondschwerkraftbedingungen so gut es ging selbst behelfen. Glücklicherweise war Bigman unter Marsgravitationsverhältnissen geboren und aufgewachsen. Dort betrug die Anziehungskraft sowieso nur zwei Fünftel der Erdgravitation, also war es gar nicht so schlimm. Im Augenblick wog er genau zwanzig Pfund. Auf dem Mars wären es fünfzig und auf der Erde hundertzwanzig gewesen.

Er langte bei dem Wachtposten an, der ihn mit amüsiertem Blick zugesehen hatte. Der Posten trug die Uniform der Mond-Nationalgarde und war an die Schwerkraftverhältnisse gewöhnt.

John Bigman Jones sagte: »He, steh' da nicht so traurig herum. Ich hab' dir ein Bier mitgebracht. Geht auf meine Rechnung.«

Der Posten machte einen überraschten Eindruck und antwortete mit Bedauern in der Stimme: »Ich darf nicht. Nicht, wenn ich im Dienst bin, weißt du.«

»Na sowas. Schätze, ich kann es selbst verputzen. Ich bin John Bigman Jones. Du kannst mich Bigman nennen.« Er reichte dem Posten nur bis zum Kinn, und der Wächter war nicht besonders groß. Aber Bigman streckte ihm die Hand entgegen, als ob er dabei hinunterlangen müßte.

»Ich heiße Bert Wilson. Bist du vom Mars?« Der Wächter schaute auf Bigmans scharlachrote-resedagrüne Hüftstiefel. Außer einem Farmboy vom Mars würde sich niemand mit solchen Dingern im All erwischen lassen.

Bigman schaute voller Stolz an sich hinab. »Darauf kannst du wetten. Ich hänge hier für etwa eine Woche fest. Allmächtiges All, der Mond ist vielleicht ein komischer Felsen. Geht von euch Burschen nie einer auf die Oberfläche!«

»Manchmal. Wenn wir müssen. Es gibt da nicht viel zu sehen.«

»Ich würde es gerne tun, ganz im Ernst. Ich kann es nicht ausstehen, wie in einem Hühnerstall eingesperrt zu sein.«

»Da hinten ist eine Schleuse nach draußen.«

Bigman folgte mit den Augen dem Daumen, der über die Schulter des Unteroffiziers deutete. Der Korridor (so weit von Lunar City entfernt, war er ziemlich schlecht ausgeleuchtet) verengte sich zu einer Nische in der Mauer.

Bigman sagte: »Ich habe keinen Druckanzug.«

»Selbst wenn du einen hättest, dürftest du nicht hinaus. Ohne Sondererlaubnis darf hier für einige Zeit keiner durch.«

»Warum das?«

Wilson gähnte. »Die haben da draußen ein Schiff, das zum Start fertiggemacht wird«, er schaute auf seine Uhr, »in ungefähr zwölf Minuten ist es soweit.

Vielleicht entspannt sich die Lage, wenn es weg ist. Ich kenne die Zusammenhänge nicht.«

Der Posten balancierte auf seinen Fußballen und sah zu, wie der letzte Schluck Bier durch Bigmans Kehle rann. »Hast du das Bier in Patsy's Port-Bar geholt?« fragte er. »Ist es voll da?«

»Völlig leer. Hör zu, ich mach dir 'nen Vorschlag: du brauchst fünfzehn Sekunden, um hinzukommen und dir eins zu genehmigen. Ich habe nichts zu tun. Ich werde hier stehenbleiben und paß' auf, daß nichts passiert, während du weg bist.«

Wilson schaute sehnsüchtig in Richtung Port-Bar. »Besser nicht.«

»Das mußt du selbst wissen.«

Anscheinend bemerkte keiner von beiden die Gestalt, die sich hinter ihnen durch den Korridor schob und an das riesige Schleusentor in der Mauernische, das den Weg ins Freie versperrte, gelangte.

Wilsons Füße trugen ihn ein paar Schritte in Richtung Bar, ganz so, als ob sie den Rest von ihm mitzerrten, dann sagte er: »Nee, besser nicht.«

*

Zehn Minuten bis zum Start.

Es war Lucky Starrs Idee gewesen. An dem Tag, als die Nachricht eintraf, daß die *T.S.S. Waltham Zachary* von Piraten ausgeweidet worden war, die Ladung weg, die Offiziere im All treibende vereiste Leichen und der größte Teil der Mannschaft gefangen, hatte er gerade in Conways Büro auf der Erde gesessen. Das Schiff hatte erbarmenswürdig sinnlosen Widerstand geleistet und war viel zu beschädigt gewesen, als daß es sich für die Piraten gelohn hätte, es zu bergen. Aber alles, was nicht niet- und nagelfest gewesen war, hatten sie ausgebaut. Die Instrumente natürlich und sogar die Motoren hatten sie mitgenommen.

»Der Asteroidengürtel, dort ist der Feind«, sagte Lucky, »einhunderttausend Felsen.«

»Mehr als das.« Conway spuckte seine Zigarette aus. »Aber was sollen wir machen. Seitdem es das Terrestrische Imperium gibt, sind die Asteroiden etwas, mit dem wir nicht fertig werden können. Wir sind ein dutzendmal reingegangen, um die Nester auszuräuchern, und jedesmals sind genug übrig geblieben, um die Schwierigkeiten wieder losgehen zu lassen. Vor fünfundzwanzig Jahren, als ...«

Der weißhaarige Wissenschaftler hielt inne. Vor fünfundzwanzig Jahren waren Luckys Eltern im All getötet worden, ihn, einen kleinen Jungen, hatten sie vorher noch aussetzen können.

Luckys ruhige braune Augen zeigten keine Regung. »Das Problem besteht darin, daß wir nicht wissen, wo alle Asteroiden sind«, bemerkte er.

»Natürlich nicht. Hundert Schiffe würden hundert Jahre benötigen, um die notwendigen Informationen über Asteroiden ausreichender Größe zusammenzutragen. Und selbst dann würde die Anziehungskraft des Jupiters ständig die Umlaufbahnen der Asteroiden hier und dort verändern.«

»Wir könnten es dennoch versuchen. Wenn wir ein einzelnes Schiff losschicken, könnten die Piraten der Überzeugung sein, daß es sich dabei doch nicht um eine unmögliche Aufgabe handelt und fürchten vielleicht eine echte kartographische Erfassung«, erwiderte Lucky, »falls bekannt würde, daß wir mit einer Vermessung anfangen, würde das Schiff angegriffen werden.«

»Und was weiter?«

»Nimm mal an, wir schicken ein automatisch gesteuertes Schiff ohne Mannschaft los.«

»Das wäre eine teure Angelegenheit.«

»Es könnte sich lohnen. Stell' dir einmal vor, wir rüsten es mit Rettungsbooten aus, die automatisch das Schiff verlassen, wenn die Instrumente das Energiemuster eines sich nähernden hyperatomaren Motors aufzeichnen. Was glaubst du, werden die Piraten wohl machen?«

»Die Rettungsboote zu Schrott schießen, das Schiff entern und es zu ihrer Basis bringen.«

»Oder zu einer ihrer Basen. Richtig. Und wenn sie sehen, wie die Rettungsboote zu entkommen suchen, werden sie nicht im mindesten überrascht sein, das Schiff verlassen vorzufinden. Es würde sich schließlich um ein unbewaffnetes Forschungsschiff handeln. Da kann man nicht erwarten, daß sich die Besatzung verteidigt.«

»Ja, aber worauf willst du eigentlich hinaus?«

»Nimm' weiterhin einmal an, das Schiff ist so präpariert, daß es in die Luft fliegt, wenn seine Eigentemperatur zwanzig Grad über den Kältetiefpunkt ansteigt, was bestimmt geschieht, wenn es in einen Asteroiden-Hangar verholt wird.«

»Dann schlägst du also eine Art Tretmine vor?«

»Eine riesige Tretmine. Sie würde einen ganzen Asteroiden in tausend Fetzen reißen. Vielleicht würde sie Dutzende von Piratenschiffen zerstören. Darüberhinaus erfassen die Beobachtungsstationen auf Ceres, Vesta, Juno oder Pallas vielleicht den Blitz. Wenn wir dann noch überlebende Piraten lokalisieren könnten, würden wir möglicherweise ausgesprochen nützliche Informationen bekommen.«

»Verstehe.«

Und so begannen die Arbeiten an der *Atlas*.

Die schattenhafte Gestalt in der Nische zur Mondoberfläche arbeitete schnell und zielstrebig. Unter dem Nadelstrahl eines Mikrohitzestrahles gaben die versiegelten Kontrollhebel der Schleuse nach. Die metallene Abdeckscheibe wurde zurückgeschwenkt. Eifrige, schwarzbehandschuhte Finger arbeiteten fieberhaft. Dann kam die Scheibe wieder an Ort und Stelle und wurde mit einem weitgefächerten und kühleren Strahl aus der gleichen Hitzepistole festgeschweißt.

Die weitgeöffnete Höhlentür gähnte. Diesmal schwieg die Alarmsirene, die immer dann ertönte, wenn die Tür aufging, aber jetzt waren ihre Schaltkreise unter der Scheibe in Unordnung gebracht worden. Die Gestalt betrat die Schleuse, und die Tür schloß sich hinter ihr. Ehe er die Außentür, die ins Vakuum führte, öffnete, entrollte der Mann die selbsthaftende Plastikfolie, die er unter dem Arm getragen hatte. Er zwängte sich hinein, das Material umhüllte ihn vollständig und schmiegte sich an seinen Körper, nur von einem schmalen durchsichtigen Silikonstreifen in Augenhöhe unterbrochen. Ein kleiner, mit Flüssigsauerstoff gefüllter Zylinder war an seinem Gürtel festgeklemmt und mit einem kurzen Schlauch, der seinerseits zur Kopfhaube führte, verbunden. Es handelte sich um einen Notraumanzug, der für kurze Ausflüge auf luftleeren Oberflächen gedacht war, wenn die Zeitdauer von einer halben Stunde überschritten wurde, bestand allerdings keine Dichtheitsgarantie mehr.

Überrascht drehte Bert Wilson den Kopf wie ein Automat. »Hast du das gehört?«

Bigman starrte den Wachmann mit offenem Mund an. »Ich habe nichts gehört.«

»Ich könnte schwören, das war eine sich schließende Schleusentür. Aber der Alarm ist nicht ausgelöst worden.«

»Sollte er das denn?«

»Klar. Man muß wissen, wenn eine Tür offen ist. Wenn Luft drin ist, läutet eine Glocke, und eine Lampe leuchtet, wenn ein Vakuum besteht. Sonst könnte jemand die andere Tür öffnen, und die ganze Luft aus einem Schiff oder Korridor blasen.«

»In Ordnung. Wenn kein Alarm ausgelöst wird, gibt es doch gar keinen Grund, sich Sorgen zu machen.«

»Da bin ich mir nicht so sicher.« Mit flachen Sprüngen, von denen jeder den Wachmann unter der minimalen Anziehungskraft des Mondes sechs Meter weiter brachte, eilte er den Korridor bis zur Schleusennische hinauf. Vor einer Schaltanlage an der Wand blieb er stehen und aktivierte drei voneinander unabhängige Lichtketten, die die Umgebung in helles Tageslicht tauchten.

Bigman setzte hinterher. Seine Sprünge waren unbeholfen, und er war beständig der Gefahr ausgesetzt, das Gleichgewicht zu verlieren und langsam schwebend auf der Nase zu landen.

Wilson hatte seinen Blaster in der Hand. Er untersuchte die Tür, drehte sich dann wieder um und schaute den Korridor hinab. »Bist du ganz sicher, daß du nichts gehört hast?«

»Nichts«, gab Bigman zurück. »Ich habe natürlich auch nicht genau aufgepaßt.«

Fünf Minuten bis zum Start.

Bimssteinstaub schwebte hoch, als sich die Gestalt im Raumanzug im Zeitlupentempo der *Atlas* näherte. Das Schiff glitzerte im Lichtschein der Erde, aber auf der luftleeren Mondoberfläche drang die Helligkeit nicht einmal einen Zentimeter weit in den Schatten, den der Bergkamm warf, von dem der Raumhafen umsäumt war.

Mit drei langen Sprüngen bewegte sich die Gestalt über die erleuchtete Fläche hinweg in den Schlagschatten des Schiffes.

Hand über Hand kletterte der Mann die Leiter hoch, dabei hechtete er sich nach oben, was ihm jedesmal zehn Sprossen auf einmal einbrachte. Er kam an das Schleusentor der Rakete. Ein kurzer Griff nach dem Bedienungshebel, schon stand es sperrangelweit offen, dann schloß es sich wieder.

Die *Atlas* hatte einen Passagier. Einen einzigen Passagier!

*

Der Posten stand vor dem Schleusentor im Korridor und nahm es mit zweifelnder Miene in Augenschein.

Bigman quasselte weiter. »Ich bin schon beinahe eine Woche hier«, sagte er. »Ich soll seine Extra-Touren im Auge behalten und aufpassen, daß er nicht in Schwierigkeiten gerät. Das ist vielleicht eine Aufgabe für 'nen alten Raumfahrthasen wie mich. Bisher keine Chance gehabt, mich zu verziehen.«

Der wütende Posten meinte: »Nun mach mal 'ne Pause, Freund. Hör mal, du bist ein netter Junge und so, aber ein anderes mal, ja?«

Einen Augenblick starrte er den Bedienungsverschluß an. »Das ist aber komisch«, meinte er dann.

Bigman blies sich bedrohlich auf. Sein kleines Gesicht war rot angelaufen. Er packte den Posten am Ellenbogen und wirbelte ihn herum, wobei er sich selbst, beinahe ums Gleichgewicht brachte.

»He, hast du eben ›Junge‹ zu mir gesagt?«

»Hör' mal, verschwinde jetzt!«

»Eine Sekunde noch. Wir wollen mal etwas klarstellen. Glaub' bloß nicht, ich ließe mich herumschubsen, nur weil ich kleiner als die meisten Leute bin. Hoch damit. Fang an. Heb' die Fäuste, oder ich verteil' dir deine Nase über's Gesicht.«

Er tanzte schattenboxend herum.

Wilson schaute ihn verwundert an. »Was ist denn in dich gefahren? Hör' auf, dich wie ein Irrer aufzuführen.«

»Angst?«

»Ich darf im Dienst nicht kämpfen. Außerdem, ich wollte deine Gefühle nicht verletzen. Ich muß nun einmal meine Pflicht tun, und deswegen hab' ich keine Zeit für dich!«

Bigman nahm die Fäuste herunter. »Eh, ich glaube, die Rakete hebt ab.«

Natürlich war im Vakuum nichts zu hören, aber der Boden unter ihren Füßen vibrierte leicht als Reaktion auf die Hammerschläge des Schubtriebwerks, das das Schiff vom Mond emporhob.

»Das wär's dann wohl.« Wilson legte die Stirn in Falten. »Schätze, es hat keinen Zweck, Meldung zu machen. Ist sowieso zu spät.«

Den Bedienungsverschluß hatte er ganz vergessen.

*

Start!

Der keramikvergossene Auspuffschacht gähnte unter der *Atlas* und die Haupttriebwerke dröhnten ihre Wut hinein. Langsam, majestätisch hob das Schiff ab und gewann schwerfällig an Höhe. Die Geschwindigkeit nahm zu. Die Rakete bohrte sich in den schwarzen Himmel und schrumpfte, bis sie schließlich nur ein Stern unter vielen war, dann war sie verschwunden.

Dr. Henree schaute zum fünften Mal auf seine Uhr und sagte dann: »Nun, sie ist weg. Sie muß inzwischen weg sein.« Er deutete mit dem Pfeifenstiel auf das Zifferblatt.

»Wir wollen mal bei der Hafenbehörde nachfragen«, bemerkte Conway.

Fünf Sekunden später sahen sie den leeren Raumhafen auf dem Videoschirm. Der Auspuffschacht stand immer noch offen. Selbst in der beinahe am absoluten Nullpunkt liegenden Temperatur der dunklen Mondseite dampfte er noch.

Conway schüttelte den Kopf: »Es war ein wunderschönes Schiff.«

»Ist es immer noch.«

»Ich stelle es mir als begraben und vergessen vor. In ein paar Tagen wird es ein geschmolzener Metallregen sein. Es ist ein dem Untergang geweihtes Schiff.«

»Wir wollen hoffen, daß es irgendwo eine Piratenbase gibt, die ebenfalls dem Untergang geweiht ist.«

Henree nickte düster mit dem Kopf.

Als sich die Tür öffnete, wandten sie sich beide um. Es war nur Bigman.

Er setzte ein Grinsen auf. »Junge, Junge, war das schön, wieder nach Luna City hereinzukommen. Man kann bei jedem Schritt, den man macht, merken, wie die Pfunde wieder draufkommen.« Er stampfte mit den Füßen auf und hüpfte zwei oder dreimal hoch. »Sehen Sie«, sagte er, »versucht man das da draußen, schon donnert man gegen die Decke und macht sich selbst zum Hanswurst.«

Conway zog die Stirn kraus. »Wo ist Lucky?«

»Ich weiß, wo er ist. Ich weiß zu allen Zeiten, wo er ist«, erwiderte Bigman. »Sagen Sie, die *Atlas* ist doch gerade gestartet?«

»Das ist mir bekannt«, sagte Conway. »Und wo ist Lucky?«

»In der *Atlas* natürlich. Was glauben Sie denn, wo er sein würde?«

II
UNGEZIEFER DES WELTRAUMS

Dr. Henree ließ die Pfeife aus der Hand fallen, sie kullerte über den Linolitboden. Er schenkte dem keine Beachtung.

»Was?«

Conway lief rot an und sein Gesicht bildete einen farbenfrohen Kontrast zu seinen schlohweißen Haaren. »Soll das ein Scherz sein?«

»Er ist fünf Minuten vor dem Start an Bord gekommen. Ich habe mich mit dem Posten unterhalten, Wilson heißt er, und dafür gesorgt, daß er sich nicht einmischt. Ich mußte den Kerl zu einem Kampf herausfordern, und ich hätte ihm auch eine anständige Abreibung verpaßt«, er führte harte Zweierkombinationen in der Luft vor, »aber er hat sich gedrückt.«

»Du hast ihn einfach gehen lassen und uns nicht Bescheid gesagt?«

»Wie hätte ich das tun können? Ich muß machen, was Lucky sagt. Er meinte nur, daß er in allerletzter Minute und ohne daß es jemand erfährt, an Bord gehen müsse, sonst würden Sie und Dr. Henree ihn aufhalten.«

Conway stöhnte. »Er hat es getan. Beim All, Gus, ich hätte es besser wissen sollen. Statt dessen verlasse ich mich auf diesen Dreikäsehoch vom Mars. Bigman, du Dummkopf! Du weißt doch, daß das Schiff eine Zeitbombe ist.«

»Klar. Lucky weiß es auch. Er hat gesagt, ihr sollt keine Schiffe hinterherschicken, sonst wäre alles im Eimer.«

»Im Eimer, wie? Trotzdem werden in einer Stunde Leute auf seinen Fersen sein.«

Henree ergriff den Ärmel seines Freundes. »Vielleicht nicht, Hector. Wir wissen nicht, wie seine Pläne aussehen, aber wir können uns darauf verlassen, daß er aus allem mit heiler Haut herrauskommt, wo er hineingerät. Laß' uns nicht eingreifen.«

Vor Wut und Aufregung zitternd, ließ sich Conway zurücksinken.

Bigman sagte: »Er meint, wir sollen ihn auf Ceres treffen und dann noch, daß Sie sich beherrschen sollten, Dr. Conway.«

»Du ...« fing Conway an, und Bigman machte sich eilig davon.

*

Die Marsumlaufbahn lag hinter ihm, und die Sonne war ein zusammengeschrumpftes Ding.

Lucky Starr liebte die Stille des Weltraumes. Seit er sein Examen gemacht hatte und dem Wissenschaftsrat beigetreten war, stellte das All und nicht so sehr irgendeine Planetenoberfläche seine Heimat dar. Bei der *Atlas* handelte es sich um ein komfortables Schiff. Es war für eine komplette Besatzung verproviantiert, und man hatte nur gerade soviel weggelassen, wie sich als Verbrauch vor Erreichen der Asteroiden erklären ließ. Die *Atlas* war darauf angelegt, auf jede erdenkliche Weise den Eindruck zu erwecken, daß sie bis kurz vor Eintreffen der Piraten voll bemannt gewesen war.

Lucky schwelgte also in Syntho-Steaks aus den

Gerstenbeeten der Venus, Marsgebäck und knochenlosem Hühnchen von der Erde.

Er werde fett werden, dachte er und beobachtete den Himmel.

Er war nahe genug, um die größeren Asteroiden erkennen zu können. Da stand Ceres, der größte von ihnen, ungefähr achthundert Kilometer im Durchmesser. Vesta befand sich auf der anderen Seite der Sonne, Juno und Pallas aber lagen im Blickfeld.

Falls er sich an das Schiffsteleskop setzen würde, hätte er Tausende, vielleicht Zehntausende mehr entdeckt. Es waren unendlich viel.

Früher hatte man angenommen, daß sich zwischen Mars und Jupiter ein Planet befunden habe, der vor Milliarden Jahren explodiert war und dessen Überreste nunmehr umhertrieben, dem war aber nicht so. Jupiter war der Übeltäter. Im Verlaufe der riesigen Zeiträume, in denen sich das Sonnensystem gebildet hatte, war das All Hunderte von Millionen Meilen im Umkreis von seiner Anziehungskraft in Mitleidenschaft gezogen worden. Der kosmische Schutt zwischen ihm und dem Mars konnte sich nie zu einem Planeten vereinigen, da Jupiter zog und zog. Statt dessen verschmolz der Schutt zu einer Unzahl kleiner Welten.

Da waren die vier größten, jede von ihnen hundert oder mehr Kilometer im Durchmesser. Dann fünfzehnhundert weitere, deren Durchmesser zwischen zehn und hundert Kilometer betrug. Dann kamen Tausende (niemand wußte, wieviel es genau waren), die zwischen einer und zehn Kilometer und Zehntausende solcher, deren Durchmesser weniger als einen Kilometer betrug, die aber immer noch so groß oder größer waren als die große Pyramide von Gizeh.

Sie waren so zahlreich, daß Astronomen sie das »Gesindel des Weltraums« nannten.

Die Asteroiden verteilten sich auf die gesamte Fläche zwischen Mars und Jupiter, und jeder einzelne rotierte auf seiner ureigensten Umlaufbahn. Kein anderes der Menschheit bekanntes Sonnensystem verfügte über solch einen Asteroidengürtel.

Einerseits war es ein Glück gewesen. Die Asteroiden hatten ein Sprungbrett zu den Hauptplaneten dargestellt. Andererseits war es ein Unglück. Jeder Verbrecher, der in den Asteroidengürtel entkommen konnte, war vor Festnahme sicher, es sei denn, er hätte unwahrscheinliches Pech. Es gab einfach keine Polizeitruppe, die jeden einzelnen dieser fliegenden Berge absuchen konnte.

Die kleineren Asteroiden stellten Niemandsland dar. Auf den größeren, hauptsächlich auf Ceres, gab es gutbesetzte astronomische Observatorien. Auf Pallas befanden sich Beryllium-Minen, während Vesta und Juno wichtige Versorgungsstationen waren. Es blieben aber noch fünfzigtausend ausreichend große Asteroiden übrig, über die das Terrestrische Empire keinerlei Kontrolle ausübte. Einige waren groß genug, um ganze Flotten aufnehmen zu können. Andere hingegen zu klein, um mehr als einen einzelnen Schnellkreuzer und vielleicht einen Brennstoff-, Wasser- und Lebensmittelvorrat für sechs Monate zu beherbergen.

Und es war unmöglich, sie auf Karten zu erfassen. Selbst in den alten, voratomaren Zeiten, lange bevor es Raumfahrt gab, als nur fünfzehnhundert oder so bekannt gewesen waren – dabei hatte es sich um die größten gehandelt –, war eine karthographische Erfassung unmöglich gewesen. Die Umlaufbahnen waren mit Hilfe von Teleskopbeobachtungen sorgfältig berechnet worden, und dennoch wurden ständig Asteroiden »verloren« oder »wiederentdeckt«.

*

Lucky schreckte aus seinen Tagträumen auf. Das hochempfindliche Ergometer fing Pulsationen aus den äußeren Bereichen auf. Mit einem Schritt stand er vor den Meßgeräten.

Die konstante Energieabstrahlung der Sonne, ob es sich nun um direkte oder auf dem Umweg über die indirekten relativ schwachen Reflektionen von den Planeten handelte, wurden von dem Instrument herausgefiltert. Was jetzt hereinkam, war die charakteristische Energiepulsation eines hyperatomaren Motors.

Lucky schaltete die Ergographverbindung ein, und das Energiemuster wurde als eine Reihe von Linien dargestellt. Er verfolgte die ausgeworfenen Papierstreifen, und seine Kinnmuskeln spannten sich.

Es hatte durchaus die Chance bestanden, daß die *Atlas* auf ein ganz normales Handelsschiff oder ein Passagierfahrzeug traf, aber dieses Energiemuster war damit nicht zu vergleichen. Das sich nähernde Schiff besaß Motoren modernster Bauart, die sich zudem von denen der terrestrischen Flotte radikal unterschieden.

Es vergingen fünf Minuten, bis er über ausreichend Datenmaterial verfügte, um Abstand und Richtung der Energiequelle berechnen zu können.

Er stellte seinen Visierschirm auf Teleskopbetrieb, sofort vermehrte sich das Glitzern des Sternfeldes. Sorgfältig suchte er die unendlich ruhigen, unendlich weit entfernten und unendlich bewegungslosen Sterne ab, bis seinen Augen eine flackernde Bewegung auffiel, und die Anzeigen des Ergometers überall Null zeigten.

Es war ein Pirat. Kein Zweifel! Er konnte die Schiffsumrisse an der sonnenbeschienenen Hälfte und an der Backbordbefeuerung auf der im Schatten liegenden Seite erkennen. Das Schiff war schlank und anmutig und sah schnell und wendig aus. Außerdem wirkte es fremdartig.

Sirianischer Entwurf, dachte Lucky.

Er schaute zu, wie das Schiff auf dem Bildschirm größer wurde. War es ein solches Schiff gewesen, das seine Eltern an ihrem letzten Tag beobachtet hatten?

*

Er konnte sich nur schwach an Mutter und Vater erinnern, aber er hatte Bilder von ihnen gesehen und von Conway und Henree endlose Geschichten über Lawrence und Barbara Starr gehört. Sie waren unzertrennlich gewesen, der große ernste Gus Henree, der cholerisch-beharrliche Hector Conway und der bewegliche lachende Larry Starr. Sie hatten gemeinsam die Schulbank gedrückt, gleichzeitig Examen gemacht, waren zusammen dem Rat beigetreten und hatten ihre Aufträge als Team gelöst.

Dann war Lawrence Starr befördert worden und auf eine Dienstreise zur Venus geschickt worden. Er, seine Frau und ihr vierjähriger Sohn waren auf dem Weg zur Venus gewesen, als das Piratenschiff angriff.

Jahrelang hatte sich Lucky voller Traurigkeit vorgestellt, wie die letzten Stunden auf dem sterbenden Schiff abgelaufen sein mußten. Zuerst die Vernichtung der Haupttriebwerke am Heck des Schiffes, während Pirat und Opfer noch voneinander getrennt waren, dann die Sprengung der Luftschleusen und die Enterung. Mannschaft und Passagiere beeilten sich, in die Raumanzüge zu kommen, als die Schleusen eingedrückt wurden und die Luft zu entweichen begann. Die Mannschaft war bewaffnet und lauerte. Die Passagiere ohne viel Hoffnung in den Innenräumen zusammengepfercht. Weinende Frauen, schreiende Kinder.

Sein Vater befand sich nicht unter denen, die sich versteckten. Sein Vater war Ratsmitglied. Er war bewaffnet und hatte gekämpft. Dessen war sich Lucky sicher. Er hatte ein Bild vor Augen, eine kurze intensive Erinnerung, die sich in seinen Geist eingebrannt hatte. Da stand sein Vater, ein großer starker Mann mit hocherhobenem Blaster in der Hand und mit einem Gesichtsausdruck, der einen der wenigen Augenblicke kalter Wut in seinem Leben widerspiegeln mußte, während gleichzeitig die Tür zum Kommandostand in einer schwarzen Rauchwolke nach innen krachte. Und seine Mutter, mit nassem rußverschmiertem Gesicht, das nichtsdestotrotz klar durch das Visier des Druckanzuges zu erkennen war, zwängte ihn in ein kleines Rettungsboot.

»Nicht weinen, David, alles wird gut werden.«

Dies waren die einzigen Worte seiner Mutter, an die er sich erinnern konnte. Dann war hinter ihm ein Donnergetöse zu hören gewesen und er wurde an die Schottwand gedrückt.

Zwei Tage später fand man ihn in dem Rettungsboot, sie waren dem kalten, automatischen Hilferuf gefolgt.

Die Regierung hatte direkt im Anschluß daran einen ungeheuren Feldzug gegen die Piraten auf den Asteroiden in die Wege geleitet, und der Rat hatte dieser Aktion seine vollste Unterstützung zuteil werden lassen. Für die Piraten hatte sich herausgestellt, daß ein Angriff auf Schlüsselfiguren des Rats schlimme Folgen zeitigte. Diejenigen Asteroidenverstecke, die gefunden wurden, verwandelte man in Staub, und für zwanzig Jahre stellte die Bedrohung durch die Piraten nur eine unwesentliche Gefahr dar.

Aber Lucky fragte sich oft, ob man wohl dasjenige Schiff aufgespürt hatte, mit den Männern an Bord, die seine Eltern getötet hatten. Es gab keine Möglichkeit, das herauszufinden.

Und nun war das Piraterieproblem von neuem aufgeflammt, zwar nicht so spektakulär wie ehedem, dafür aber auf eine viel gefährlichere Weise. Heutzutage waren Piratenangriffe keine Einzelunternehmungen mehr. Es sah vielmehr ganz nach einer gezielten, gut durchorganisierten Attacke auf die terrestrischen Handelsverbindungen aus. Es steckte noch mehr dahinter: Aus der Art und Weise der Kriegführung schloß Lucky mit Sicherheit, daß sich ein einzelner Wille, eine bestimmte strategische Richtungsgebung unter allem verbarg. Er wußte, diesen einen Willen würde er finden müssen.

Er richtete den Blick wieder auf das Ergometer. Die Energieaufzeichnung war jetzt stark. Das andere Schiff befand sich inzwischen durchaus in der Reichweite, bei der es die Höflichkeitsgepflogenheiten des Alls angetan sein ließen, wechselseitig Identifikationssignale abzusetzen. Wenn man es recht betrachtete, dann war die Entfernung für Piraten, die etwas im Schilde führten, genau richtig.

Der Boden vibrierte unter Luckys Füßen. Dabei handelte es sich keineswegs um einen Blasterschuß vom anderen Schiff, sondern um den Rückstoß eines fliehenden Rettungsbootes. Die Energieimpulse waren stark genug geworden, um die Abschußautomatik auszulösen.

Ein weiteres Vibrieren, dann noch eins, fünf insgesamt.

Er spähte aufmerksam auf das näherkommende Schiff. Piraten schossen häufig die Rettungsboote zusammen, teils aus perversem Vergnügen, teils um die Flüchtenden an einer Beschreibung des Schiffes zu hindern, wobei sie davon ausgingen, daß dies nicht bereits vorher durch Funk geschehen war.

Diesmal jedoch ignorierte das Schiff die Rettungsboote vollständig. Es kam auf Andockentfernung heran. Die magnetischen Enterhaken schossen vor, hefteten sich an den Rumpf der *Atlas*, und die beiden Fahrzeuge waren plötzlich wie aneinandergeschweißt, wobei ihre Bewegungen im All aufeinander abgestimmt waren.

Lucky wartete.

Er hörte, wie sich die Schleuse öffnete und wieder schloß. Er vernahm das Hallen von Schritten und das Geräusch, wie Helme abgeschraubt wurden, dann Stimmen.

Er rührte sich nicht.

Im Türrahmen erschien eine Gestalt. Helm und Handschuhe fehlten, der Rest des Mannes steckte aber noch in dem eisverkrusteten Raumanzug. Raumanzüge hatten diese Angewohnheit, trat man von draußen, wo der beinahe absolute Nullpunkt herrschte, nach drinnen in die warme feuchte Luft eines Schiffes, begann das Eis zu schmelzen.

Erst als er zwei Schritte ins Innere des Kommandostandes getan hatte, bemerkte der Pirat Lucky. Er stand bewegungslos da, wobei seine Gesichtszüge zu einem fast komisch anmutenden Ausdruck von Überraschung einfroren. Lucky hatte ausreichend Zeit, das dünne schwarze Haar, die lange Nase und die bleiche weiße, vom Nasenflügel bis zu den wölfischen Zähnen verlaufende Narbe, die die Oberlippe in zwei ungleiche Hälften spaltete, zu registrieren.

Die erstaunte Musterung des Piraten ließ Lucky ruhig über sich ergehen. Er befürchtete keineswegs, erkannt zu werden. Angehörige des Rats im aktiven Dienst arbeiteten stets ohne öffentliches Aufsehen zu erregen. Im Hintergrund stand dabei die Überlegung, daß ein allzu bekanntes Gesicht die Verwendbarkeit des Betreffenden einschränken könne. Das Gesicht seines Vaters war erst nach seinem Tod über den Sub-Äther gegangen. Lucky dachte in einer flüchtigen Anwandlung von Bitterkeit, daß ein größeres Maß an Bekanntheit zu Lebzeiten vielleicht den Piratenangriff verhindert hätte. Aber das war Unsinn, soviel stand fest. Als die Piraten Lawrence Starr zu Gesicht bekommen hatten, war der Angriff zu weit fortgeschritten, als das er noch hätte gestoppt werden können.

»Ich habe einen Blaster«, sagte Lucky. »Ich werde nur schießen, wenn du nach deinem greifst. Keine Bewegung!«

Der Pirat hatte den Mund geöffnet. Er ließ ihn wieder zuklappen.

»Wenn du nach den anderen rufen willst, dann tu's nur«, sagte Lucky.

Der Pirat beäugte ihn mißtrauisch und schrie dann laut, wobei er Luckys Blaster fest im Auge behielt: »Beim flimmernden All, hier ist ein Kerl mit 'ner Kanone.«

Die Antwort war ein Lachen und eine Stimme rief: »Ruhig!«

Ein weiterer Mann betrat den Raum. »Geh' zur Seite, Dingo«, sagte er.

Er hatte den Raumanzug ganz abgelegt und stellte mit seiner Erscheinung einen seltsamen Anblick an Bord eines Schiffes dar. Seine Kleidung hätte aus dem vornehmsten Geschäft in International City stammen können und besser auf eine Abendgesellschaft auf der Erde gepaßt. Sein Hemd hatte das seidige Aussehen, das man von bestem Plastex erwarten konnte. Der Schimmer war eher dezent als schreiend, und die fest an den Knöcheln anliegenden Breeches paßten farblich so gut dazu, daß man meinen konnte, es handele sich um einen Einteiler, wenn da nicht der verzierte Gürtel gewesen wäre. Er trug ein zum Gürtel passendes Armband und dazu ein flauschiges himmelblaues Halstuch. Sein kurzes braunes Haar war lockig und sah ganz so aus, als ob es ständig gepflegt würde.

Er war einen halben Kopf kleiner als Lucky, aber der Haltung konnte das junge Ratsmitglied entnehmen, daß jeder Schluß auf eine eventuelle Schwäche wegen geckenhafter Kleidung, fehl am Platze war.

Mit angenehmer Stimme sagte der Neuankömmling: »Ich heiße Anton. Würden Sie Ihre Waffe weglegen?«

»Und dann erschossen werden?« erwiderte Lucky.

»Vielleicht werden Sie schließlich und endlich erschossen, im Augenblick jedenfalls nicht. Ich möchte Ihnen vorher einige Fragen stellen.«

Luckys Haltung veränderte sich keinen Deut.

»Ich halte mein Wort«, sagte Anton. Auf seinen Wangen zeichnete sich ein Anflug von Röte ab. »Das ist meine einzige Tugend, so wie Menschen Tugend verstehen, aber ich halte daran fest.«

Lucky legte den Blaster hin, und Anton nahm ihn in die Hand. Er reichte die Waffe dem anderen Piraten.

»Tu' sie weg, Dingo, und dann verschwinde.« Er wandte sich Lucky zu. »Die anderen Passagiere sind mit den Rettungsbooten entkommen, stimmt's?«

»Das ist eine plumpe Falle, Anton«, bemerkte Lucky.

»Captain Anton bitte.« Er lächelte, aber seine Nasenflügel zitterten.

»Gut, es ist also eine Falle, Captain Anton. Es ist klar, daß Sie wußten, daß hier an Bord weder eine Besatzung noch Passagiere gewesen sind. Das wußten Sie, lange bevor Sie geentert haben.«

»Wußte ich das? Wie reimt sich das denn zusammen?«

»Sie haben sich dem Schiff ohne Funkkontakt oder einen Warnschuß genähert. Sie haben sich auch nicht besonders beeilt. Sie haben die Rettungsboote beim Ablegen nicht beachtet. Ihre Leute haben das Schiff sorglos betreten, ganz so, als ob sie keinerlei Widerstand erwarteten. Der Mann, der mich zuerst gesehen hat, kam hier mit dem Blaster im Halfter hereinspaziert. Die Schlußfolgerung liegt demnach nahe.«

»Sehr gut. Und was machen Sie an Bord eines Schiffes ohne Besatzung und Passagiere?«

»Ich habe Sie gesucht, Captain Anton«, erwiderte Lucky grimmig.

III
DUELL MIT WORTEN

Antons Gesichtsausdruck veränderte sich nicht, als er sagte: »Und jetzt haben Sie mich gefunden.«

»Aber bisher nicht unter vier Augen, Captain.« Luckys Lippen wurden betont schmaler und preßten sich aufeinander.

Anton schaute sich schnell um. Ungefähr ein Dutzend seiner Leute mit mehr oder weniger abgelegten Raumanzügen drängten sich im Raum und starrten sie neugierig an.

Er errötete leicht, und seine Stimme gewann an Lautstärke. »Macht euch an die Arbeit, Gesindel. Ich will einen vollständigen Bericht über das Schiff. Und haltet die Waffen bereit. Vielleicht sind noch mehr Leute an Bord versteckt, und falls sich jemand so wie Dingo überraschen läßt, wird er aus der Schleuse geworfen.«

Von draußen drang ein langsames, scharrendes Geräusch herein.

Antons Stimme verwandelte sich in eine Sirene: »Schnell, schnell!« Eine schlangenartige Bewegung und schon hielt er einen Blaster in der Hand. »Ich zähle bis drei, dann knallt es! Eins ... zwei ...«

Sie waren verschwunden.

Er blickte wieder Lucky an. Seine Augen glitzerten, und er atmete schnell durch die verengten Nasenlöcher.

»Disziplin ist eine phantastische Sache«, schnaubte er. »Die müssen Angst vor mir haben. Sie müssen sich mehr vor mir als vor der Gefangennahme durch die terrestrische Flotte fürchten. Dann ist ein Schiff ein Arm und ein Wille. *Mein* Arm ist *mein* Wille.«

Ja, dachte Lucky bei sich, ein Arm und ein Wille, aber wessen? Aber wirklich deiner?

Das jungenhafte freundliche und offene Lächeln war wieder auf Antons Gesicht zurückgekehrt. »Erzählen Sie mir jetzt, was Sie von mir wollen.«

Lucky deutete mit dem Daumen auf den immer noch schußbereiten Blaster in der Hand seines Gegenübers. Er lächelte genau wie dieser. »Beabsichtigen Sie zu schießen? Wenn ja, dann bringen Sie es hinter sich.«

Anton war beeindruckt. »Beim All! Sie sind ein eiskalter Junge. Ich schieße, wann es mir paßt. Ich halte das gern so. Wie heißen Sie?« Der Blaster blieb mit tödlicher Ruhe auf Lucky gerichtet.

»Williams, Captain.«

»Sie sind ein großer Bursche, Williams. Sie sehen kräftig aus. Aber trotzdem sitze ich hier und ein Daumendruck von mir und Sie sind ein toter Mann. Das halte ich für äußerst aufschlußreich. Zwei Mann und ein Blaster sind das ganze Geheimnis der Macht. Haben Sie sich je über Macht Gedanken gemacht, Williams?«

»Ab und zu.«

»Darin besteht der alleinige Sinn des Lebens, glauben Sie nicht auch?«

»Vielleicht!«

»Ich merke, daß Sie zur Sache kommen wollen. Also fangen wir an. Warum sind Sie hier?«

»Ich habe von den Piraten gehört.«

»Wir sind die Männer von den Asteroiden, Williams. Keine andere Bezeichnung bitte.«

»Das soll mir recht sein. Ich bin hier, um mich den Männern von den Asteroiden anzuschließen.«

»Sie schmeicheln uns, aber mein Daumen ist immer noch am Abzug. Warum wollen Sie bei uns mitmachen?«

»Auf der Erde gibt es keine Zukunft mehr. Einer wie ich könnte Buchhalter oder Ingenieur werden. Ich würde vielleicht sogar Fabrikdirektor werden oder hinter einem Schreibtisch sitzen und meine Stimme auf der Hauptversammlung abgeben. Spielt alles keine Rolle. Was es auch ist, es wäre doch nur Routinekram. Ich wüßte von vorn bis hinten, wie mein Leben aussehen würde. Es gäbe keine Abenteuer und keine Ungewißheit.«

»Sie sind ein Philosoph, Williams. Nur weiter so.«

»Da sind die Kolonien, aber ich habe keine Lust, meine Tage als Farmboy auf dem Mars oder als Kesselreiniger auf der Venus zuzubringen. Was mich anzieht, ist ein Leben auf den Asteroiden. Dort ist es hart und gefährlich. Dort kann ein Mann zu Macht kommen, so wie Sie. Wie Sie richtig gesagt haben, Macht gibt dem Leben einen Sinn.«

»Deswegen haben Sie sich also als blinder Passagier auf ein leeres Schiff geschmuggelt?«

»Ich wußte nicht, daß es leer war. Ich mußte mich an Bord einschleichen. Weltraumreisen sind teuer, und heutzutage werden für die Asteroiden keine Pässe ausgestellt. Ich wußte, daß dieses Schiff zu einer kartographischen Expedition gehörte. Das hat sich herumgesprochen. Das Ziel waren die Asteroiden. Da habe ich einfach bis kurz vor dem Start gewartet. Das ist der Zeitpunkt, wenn jeder mit den Startvorbereitungen beschäftigt ist und die Schleusen noch geöffnet sind. Ich hatte einen Kumpel, der hat eine Wache aus dem Verkehr gezogen.

Ich bin davon ausgegangen, daß wir auf Ceres Halt machen würden. Das mußte der Ausgangshafen für jede Expedition zu den Asteroiden sein. Einmal dort angekommen, schien es mir nicht schwer, unbemerkt davonzukommen. Die Mannschaft würde aus Mathematikern und Astronomen bestehen. Wenn man denen die Brille wegnimmt, sehen sie eh' nichts mehr. Halt' ihnen einen Blaster unter die Nase, und schon sterben sie vor Angst. Erst mal auf Ceres, wollte ich irgendwie mit den Pi-, den Männern von den Asteroiden, Kontakt aufnehmen. Ganz einfach.«

»Aber Sie haben eine Überraschung erlebt, als Sie

an Bord gegangen waren. Ist es das?« fragte Anton.

»Das kann man wohl sagen. Niemand da, und bevor ich mir das noch recht durch den Kopf gehen lassen konnte, hob die Rakete auch schon ab.«

»Was steckt dahinter, Williams? Zu welchem Schluß sind Sie gekommen?«

»Ich weiß es nicht. Das geht über meinen Verstand.«

»Na, mal sehen, ob wir es herausbekommen. Sie und ich zusammen.« Er machte eine scharfe Bewegung mit dem Blaster und bellte: »Kommen Sie mit.«

Der Piratenkapitän ging voraus, verließ den Kommandostand und trat in den langen Zentralgang des Schiffes hinaus. Aus einer Tür weiter unten tauchte eine Gruppe von Männern auf. Sie murmelten einander kurze Kommentare zu und verfielen in Schweigen, als sie Antons Blick begegneten.

»Herkommen«, befahl Anton.

Sie kamen näher. Einer wischte sich mit dem Handrücken über seinen angegrauten Schnurrbart und sagte: »Sonst ist niemand an Bord, Captain.«

»Gut. Was hältst du von dem Schiff?«

Sie waren zu viert, doch die Gruppe erweiterte sich, da sich mehr Leute hinzugesellten.

Antons Stimme bekam einen ungeduldigen Unterton. »Was haltet ihr von dem Schiff?«

Dingo bahnte sich einen Weg nach vorn. Er hatte seinen Raumanzug abgelegt. Sein Blick schien Lucky zu durchbohren. »Mir gefällt es nicht«, sagte er.

»Das Schiff gefällt dir nicht?« kam es scharf von Anton.

Dingo zögerte. Er machte die Arme gerade und reckte die Schultern nach hinten. »Es stinkt.«

»Warum? Warum sagst du das?«

»Ich könnte es mit einem Dosenöffner auseinandernehmen. Frag' die anderen, ob sie anderer Meinung sind. Dieser Kasten wird mit Zahnstochern zusammengehalten. Würde keine drei Monate überstehen.«

Ein zustimmendes Gemurmel wurde laut. Der Mann mit dem grauen Schnäuzer meldete sich zu Wort: »Entschuldigung, Capatin, aber die Verkabelung ist an einigen Stellen mit Isolierband bearbeitet. Pfuscharbeit. Die Isolierung ist schon fast durchgebrannt.«

»Die Schweißarbeiten wurden ziemlich eilig gemacht. Die Nähte stehen so weit heraus.« Er hielt einen dicken schmuddeligen Daumen empor.

»Wie steht's mit Reparaturen?« fragte Anton.

»Würde ein ganzes Jahr und länger dauern«, sagte Dingo. »Steht nicht dafür. Und überhaupt, hier könnten wir das sowieso nicht machen. Wir müßten es zu einem der Felsen bringen.«

Anton wandte sich an Lucky und erklärte mit eleganter Betonung: »Wir bezeichnen die Asteroiden immer als ›Felsen‹, müssen Sie wissen.«

Lucky nickte.

Anton fuhr fort: »Augenscheinlich liegt meinen Männern nichts daran, mit diesem Schiff weiterzugondeln. Was meinen Sie, warum schickt die Erdregierung ein unbemanntes Schiff los und dazu noch so ein Wrack?«

»Die Angelegenheit wird immer verwirrender«, antwortete Lucky.

»Dann wollen wir unseren Rundgang mal zum Abschluß bringen.«

Anton ging voraus. Lucky hielt sich dicht hinter ihm, die Männer folgten schweigend im kurzen Abstand. Luckys Nacken kribbelte. Anton hielt den Kopf aufrecht und ohne Furcht, ganz so, als ob er von

Lucky keinen Angriff befürchtete. Dazu hatte er auch keinerlei Veranlassung. Zehn bewaffnete Männer hingen an Luckys Fersen.

Sie warfen flüchtige Blicke in alle kleinen Räume, die auf absolute Platzersparnis im All ausgelegt waren. Da war das winzige Rechenzentrum, ein kleines Observatorium, das Photolabor, die Brücke und die Schlafräume.

Durch eine enge spiralförmige Röhre, in der das Pseudo-Gravitationsfeld neutralisiert war, so daß je nach Bedarf, jede Richtung ›oben‹ oder ›unten‹ sein konnte, schlüpften sie ins Unterdeck. Lucky wurde bedeutet, daß er vorangehen solle. Anton kam so dicht hinter ihm her, daß er kaum Zeit hatte, auf die Seite zu krabbeln (durch die plötzliche Gewichtszunahme knickten seine Knie leicht ein), bevor der Piratenkapitän über ihm war. Harte, schwere Weltraumstiefel verfehlten sein Gesicht nur um Millimeter.

Lucky fand sein Gleichgewicht wieder und wirbelte ärgerlich herum. Anton aber stand ruhig da, sein Blaster zielte haargenau auf Luckys Herz.

»Bitte tausendmal um Verzeihung«, bemerkte er. »Glücklicherweise sind Sie recht beweglich.«

»Ja«, murmelte Lucky.

Auf dem Unterdeck befanden sich der Maschinenraum und die Energieaggregate; hinzu kamen die leeren Davits, in denen vorher die Rettungsboote gehangen hatten. Außerdem gab es hier noch die Tanks, die Wasser- und Nahrungsmittelvorräte, die Luftaufbereitungsanlage und die Atomschutzpanzerung.

»Also, was halten Sie von der Sache?« murmelte Anton.

»Schäbig vielleicht, aber ich kann nichts sehen, das nicht funktioniert.«

»Das kann man nicht so einfach sagen«, gab Lucky zurück.

»Aber Sie müssen seit Tagen auf diesem Schiff gelebt haben.«

»Sicher, aber ich habe nicht viel Zeit darauf verwendet, es durchzuchecken. Ich habe nichts anderes getan, als darauf zu warten, daß wir irgendwo ankommen.«

»Verstehe. Also zurück nach oben.«

Wieder war es Lucky, der zuerst ›runter‹ mußte. Diesmal landete er leichtfüßig, und mit der Geschmeidigkeit einer Katze sprang er zwei Meter nach links.

Sekunden verstrichen, bis Anton aus der Röhre ploppte. »Nervös?« erkundigte er sich ironisch.

Lucky errötete.

Einer nach dem anderen tauchten die Piraten auf. Anton wartete nicht, bis alle zurück waren, vielmehr bewegte sich wieder auf den Korridor zu.

»Also wissen Sie«, sagte er, »man sollte annehmen, daß wir das ganze Schiff abgesucht hätten. Die meisten Menschen würden es jedenfalls behaupten. Sie vielleicht nicht?«

»Nein«, meinte Lucky beherrscht, »würde ich nicht. Wir sind noch nicht auf dem Lokus gewesen.«

Antons Stirn umwölkte sich, und länger als nur für einen Augenblick war die Jovialität aus seinem Gesicht geschwunden. Statt dessen war es ein blitzartig auftauchendes Abbild verkniffenen weißen Zorns.

Dann verschwand dieser Ausdruck wieder. Er glättete eine störrische Haarlocke und musterte danach seinen Handrücken mit offensichtlichem Interesse. »Nun, gehen wir mal hin.«

Ein Gutteil der Männer pfiff durch die Zähne, und die übrigen gaben ihren Gefühlen auf die verschiedenste Art und Weise Ausdruck, als die entsprechende Tür aufschnappte.

»Sehr nett«, grummelte Anton. »Sehr nett. Richtig luxuriös, würde ich meinen.«

Das stimmte! Es gab mehrere abgetrennte Duschkabinen, insgesamt drei. Die Röhren waren dergestalt arrangiert, daß eine Leitung Seifenlauge (lauwarm) verströmte, die beiden anderen dienten zum Abspülen (heiß oder kalt). Es gab da noch ein halbes Dutzend Waschbecken in elfenbein-chrom, einschließlich Shampooständern, Föns und haarstrahldünnen Hautstimulatoren. Nichts von dem, was notwendig war, fehlte.

»Hier ist ganz gewiß nichts schäbig«, bemerkte Anton. »Das ist wie ein Reklamespot auf Sub-Äther, was, Williams? Wie erklären Sie sich das?«

»Ich bin ganz durcheinander.«

Antons Lächeln verschwand wie der flüchtige Blitz eines rasend schnellen Weltraumkreuzers vor der Sichtscheibe eines Helmes. »Ich nicht. Dingo, komm' mal her.«

Der Piratenkapitän sagte, an Lucky gewandt: »Wissen Sie, das ist ganz einfach. Hier haben wir also ein Schiff mit niemandem an Bord auf die denkbar billigste Art und Weise zusammengeschustert, ganz so, als wäre es in größter Hast geschehen, aber mit einem Waschraum, der einfach der letzte Schrei ist. Warum? Ich glaube, einfach nur damit man soviel Röhren wie möglich in diesem Waschraum unterbringen konnte. Und wozu das Ganze? Damit wir nicht auf die Idee kommen, daß eine oder zwei davon Attrappen sind ... Welche Röhre ist es, Dingo?«

Dingo trat mit dem Fuß gegen eine von ihnen.

»Von Treten war nicht die Rede, du blöde Mißgeburt. Nimm' sie auseinander.«

Dingo tat, wie ihm geheißen, ein Mikro-Hitzestrahler blitzte kurz auf. Er zerrte Drähte hervor.

»Was ist das, Williams?« fragte Anton herrisch.

»Drähte«, gab Lucky kurzangebunden zurück.

»Das weiß ich, du Klotz.« Plötzlich brach er in Wut aus. »Was sonst noch? Ich werde dir sagen, was sonst noch. Diese Drähte da sind so angeschlossen, daß sie jedes Gramm Atomit an Bord zur Explosion bringen werden, sobald wir das Schiff auf unsere Basis verholen.«

Lucky schreckte hoch. »Wie wollen Sie das so genau wissen?«

*

»Bist du überrascht? Du hast nicht gewußt, daß dies hier eine einzige kapitale Falle ist? Du wußtest nicht, daß wir dieses Schiff zu unserer Base schleppen sollten, um es zu reparieren? Du hast nicht gewußt, daß wir uns samt der Base selbst in die Luft jagen sollten, bis nur noch heißer Staub übrig ist? Na hör' mal, du bist doch als Köder hier und sollst dafür sorgen, daß wir auch richtig für dumm verkauft werden. Dein Pech ist nur, daß ich kein Dummkopf bin!«

Seine Mannschaft umringte sie nun, Dingo fuhr sich erwartungsvoll mit der Zunge über die Lippen.

Ruckartig brachte Anton den Blaster hoch, und in seinen Augen war keine Gnade, nicht ein Funken von Barmherzigkeit.

»Warten Sie, heilige Milchstraße! Ich weiß davon nichts. Sie haben kein Recht, mich ohne Veranlassung zu erschießen.« Er spannte sich zum Sprung an, zum letzten Kampf, bevor er sterben mußte.

»Kein Recht!« Antons Augen sprühten, aber plötzlich senkte er den Blaster. »Wie kannst du es wagen zu sagen, ich hätte kein Recht dazu. Auf diesem Schiff habe ich alle Rechte, die man sich nur vorstellen kann.«

»Sie können nicht einfach so einen guten Mann umbringen. Die Männer von den Asteroiden brauchen gute Leute. Werfen Sie nicht einfach ein Leben weg.«

Einige der Piraten begannen plötzlich zu murmeln.

»Mut hat er, Captain. Vielleicht könnten wir ihn gebrauchen ...«, wagte sich einer vor.

Die Stimme verstummte sofort, als Anton sich dem Sprecher zuwandte.

Anton drehte sich wieder um. »Was macht dich zu einem guten Mann, Williams? Beantworte mir diese Frage, und ich werde es mir überlegen.«

»Ich kann es mit jedem hier aufnehmen. Mit bloßen Fäusten oder jeder Waffe, egal welcher.«

»Ach ja?« Antons Zähne bleckten sich ohne sein Zutun. »Habt ihr das gehört, Männer?«

Ein zustimmendes Gebrüll war die Antwort.

»Es ist deine Herausforderung, Williams. Egal, welche Waffe, hast du gesagt. Gut! Überlebe, was gleich kommt, und du wirst nicht erschossen, sondern ich überlege mir, ob wir dich in die Mannschaft aufnehmen sollen.«

»Ich habe Ihr Ehrenwort, Captain?«

»Du hast mein Wort, und ich breche es nie. Die Mannschaft ist mein Zeuge. *Falls* du es überlebst.«

»Gegen wen kämpfe ich?« wollte Lucky wissen.

»Hier gegen Dingo. Ein guter Mann. Wer ihn schlägt, ist ein *sehr* guter Mann.«

Lucky musterte den riesigen Berg aus Muskeln und Sehnen, der sich vor ihm aufgebaut hatte. Seine kleinen Augen glitzerten erwartungsvoll, und Lucky mußte dem Captain wohl oder übel recht geben.

Aber mit fester Stimme sagte er: »Welche Waffen? Oder lieber mit bloßen Fäusten?«

»Waffen! Rückstoßrohre, um genau zu sein. Rückstoßrohre im offenen Weltraum.«

Einen Augenblick lang fand Lucky es schwer, die gebotene Ruhe zu bewahren.

Anton lächelte. »Hast du Angst, es könnte nicht der angemessene Test für dich sein? Keine Sorge. Dingo ist mit der Rückstoßpistole der beste Mann in unserer Flotte.«

Luckys Hoffnung sank auf den Nullpunkt. Duelle mit Rückstoßpistolen erforderten einen Fachmann. Das war eine Binsenweisheit! So wie er es am College gespielt hatte, war es eine sportliche Angelegenheit. Bei Profis wurde es tödlich!

Und er war kein Profi!

IV
DUELL MIT WAFFEN

Die Piraten versammelten sich auf der Außenhaut der *Atlas* und auf ihrem eigenen Schiff sirianischen Entwurfs. Einige standen, wobei die Magnetfelder ihrer Stiefel sie festhielten. Andere hatten sich, um besser sehen zu können, losgelassen und hielten ihren Standort durch ein kurzes magnetisches Kabel, das am Schiffsrumpf befestigt war.

80 Kilometer voneinander entfernt waren zwei Tore aus Metallfolie aufgestellt worden. In zusammengelegtem Zustand an Bord waren sie nicht größer als ein Quadratmeter, aufgeklappt erstreckten sich dreißig Meter weit nach allen Seiten dünngewalzte Beryllium-Magnesium-Bogen. In ihrer Helligkeit nicht beeinträchtigt und in den Weiten des Weltraums von

Einflüssen unbeeinträchtigt, wurden sie in Rotation versetzt und die glitzende Reflektion der Sonne auf ihrer glänzenden Oberfläche sandte Strahlen aus, die kilometerweit zu sehen waren.

»Ihr kennt die Regeln.« Antons Stimme erscholl lautstark in Luckys Ohren, und wahrscheinlich ging es Dingo ebenso.

Lucky konnte eine halbe Meile entfernt den Raumanzug seines Gegners als sonnenbeschienenen Fleck ausmachen. Das Rettungsboot, das sie beide hier abgesetzt hatte, flog jetzt eilig zum Piratenschiff zurück.

»Ihr kennt die Regeln«, sagte Antons Stimme. »Wer zu seinem eigenen Tor zurückgedrückt wird, hat verloren. Wird niemand zurückgedrückt, dann verliert derjenige, dessen Stoßpistole zuerst leer ist. Keine zeitliche Begrenzung. Kein Abseits. Ihr habt noch fünf Minuten. Die Stoßpistole darf bis zum Kommando nicht benutzt werden.«

Kein Abseits, dachte Lucky. Jetzt hatte sich Anton verraten. Stoßpistolen-Duelle durften als legale Sportart nicht mehr als hundertfünfzig Kilometer von einem Asteroiden entfernt abgehalten werden, dessen Durchmesser mindestens achtzig Kilometer betragen mußte. So war gewährleistet, daß immer eine fühlbare Anziehungskraft, sei sie auch noch so gering, auf die Spieler einwirkte. Nicht genug, um die Beweglichkeit zu beeinflussen, jedoch ausreichend, um einen Teilnehmer, der sich kilometerweit draußen im All mit einer leergeschossenen Pistole befand, zu retten. Selbst wenn man in dieser Lage nicht von einem Rettungsboot aufgefischt wurde, brauchte man sich nur ruhig zu verhalten, und in wenigen Stunden, schlimmstenfalls aber in ein bis zwei Tagen würde der Betreffende auf die Asteroidenoberfläche zurücktreiben.

Aber hier gab es hunderttausend Kilometer im Umkreis keinen Asteroiden von ausreichender Größe. Ein anständiger Stoß würde auf ewig seine Wirkung behalten. Es war mehr als wahrscheinlich, daß die Reise schließlich und endlich in der Sonne enden würde, lange nachdem der unglückliche Kämpfer aus Sauerstoffmangel erstickt war. Wurde ein Teilnehmer außerhalb bestimmter Grenzen getrieben, so galt es üblicherweise als abgemacht, daß die Begegnung bis zu seiner Rückkehr neutralisiert wurde.

»Kein Abseits« bedeutete »auf Leben und Tod«.

Über die vielen Kilometer zwischen Luckys im Helm eingebauten Sender und dem Piratenschiff hinweg, erklang Antons Stimme scharf und klar. »Noch zwei Minuten. Schaltet eure Körpersignale ein«, sagte Anton.

Lucky hob die Hand und legte den Schalter auf seiner Brust um. Die farbige Metallfolie, die vorher mit einem Magnet an seinem Helm angebracht worden war, begann sich zu drehen. Es handelte sich um ein Tor in Kleinausgabe. Eben war Dingos Gestalt noch ein trüber Punkt gewesen, jetzt verwandelte er sich in ein flackerndes rotes Licht. Lucky wußte, daß sein eigenes Signal grün war. Die Tore strahlten perlweiß.

Selbst in diesem Augenblick war ein Teil seiner Gedanken weit, weit weg. Ganz am Anfang hatte er versucht, Einwände zu erheben. »Wissen Sie, mir ist es recht so, verstehen Sie mich richtig«, hatte er gesagt. »Aber während wir da draußen herumalbern, könnte ein Regierungskreuzer ...«

Mit Verachtung in der Stimme hatte Anton geblafft: »Vergiß es. Kein Patroullienschiff hat den Mumm, so tief zwischen die Felsen vorzustoßen. Wir haben hundert Schiffe in Rufweite, es gibt tausend Felsen, die uns aufnehmen können, falls wir flüchten müssen. Mach', daß du in deinen Anzug kommst.«

Hundert Schiffe! Tausend Felsen! Falls das stimmte, dann hatten sich die Piraten nie ganz in die Karten blicken lassen. Was ging hier vor?

»Noch eine Minute!« Antons Stimme durchs All.

Grimmig hob Lucky seine beiden Stoßpistolen. Dabei handelte es sich um ›L‹-förmige Objekte, die an elastischen Schläuchen an den Gaszylindern, die wie ein Rettungsring um seine Hüften gelegt worden waren, hingen. (Die Zylinder enthielten flüssiges Kohlendioxyd, das unter hohem Druck stand.) Vor Jahren waren die Verbindungsschläuche noch aus Metall gewesen. Das war haltbarer, aber gleichzeitig auch viel schwerer und hatte die Beweglichkeit und Treffgenauigkeit der Stoßpistolen beeinträchtigt. Bei Stoßduellen kam es auf flinkes Zielen und Feuern an. Als man ein mit Fluor veredeltes Silikon entwickelt hatte, das bei Weltraumtemperatur flexibel blieb und unter direkter Sonneneinstrahlung nicht klebrig wurde, begann man überall die leichtere Schlauchverbindung zu verwenden.

»Schießt, wenn ihr soweit seid!« rief Anton.

Eine von Dingos Stoßpistolen feuerte. Das flüssige Kohlendioxyd verbrodelte in einer heftigen Reaktion zu Gas und schoß aus der winzigen Mündung der Stoßpistole. Keine zwanzig Zentimeter von der Austrittsöffnung entfernt gefror das Gas zu einer Linie winziger Kristalle. Innerhalb einer halben Sekunde, nachdem der Abzug betätigt worden war, hatte sich eine kilometerlange Kristallspur gebildet. Während sie in die eine Richtung zeigte, wurde Dingo in die entgegengesetzte gedrückt. Ein Raumschiff und sein Antriebsstrahl in Miniaturausgabe.

Dreimal blitzte die »Kristallspur« auf und verlor sich in der Ferne. Sie deutete genau von Lucky weg, jedesmal gewann Dingo an Geschwindigkeit und kam auf Lucky zu. Das Ganze erweckte einen trügerischen Eindruck. Für das Auge bestand die einzige sichtbare Veränderung in dem allmählichen Hellerwerden von Dingos Signalscheibe, Lucky wußte aber, daß der Abstand zwischen ihnen rasend schnell überbrückt wurde.

Was Lucky nicht wußte, war, welche Strategie er zu erwarten hatte und welche Verteidigungstaktik er anwenden mußte. Er wartete ab, um zu sehen, wie sich der Angriff des anderen entwickelte.

Inzwischen war Dingo groß genug geworden, um ihn als menschenähnliche Gestalt mit einem Kopf und vier Extremitäten erscheinen zu lassen. Er schwebte auf einer Seite vorbei und traf keine Anstalten, seine Zielrichtung zu verändern. Er schien es zufrieden zu sein, sich weit links von Lucky zu halten.

Lucky wartete immer noch ab. Das Durcheinander der Rufe, die in seinem Helm aufklangen, war verstummt. Sie kamen von den eingeschalteten Sprechgeräten der Zuschauer. Obwohl sie zu weit entfernt waren, um die Kämpfer sehen zu können, waren sie sehr wohl in der Lage, die Bewegungen der Signalscheiben und die Kohlendioxydspuren zu verfolgen. Sie warteten auf etwas, dachte Lucky.

Es geschah plötzlich.

Rechts von Dingo erschien ein Kohlendioxydstoß, dann noch einer, und seine Flugbahn veränderte sich in Richtung auf die Position des jungen Ratsmitglieds. Lucky riß die Stoßpistole hoch, jederzeit bereit, nach unten zu schießen, um den Nahkampf zu vermeiden. Am sichersten war es, dachte er, genau das zu tun und sich so langsam und so wenig wie möglich zu bewegen, um mit dem Kohlendioxyd zu haushalten.

Aber Dingos Flug setzte sich nicht in Luckys Richtung fort. Er feuerte genau geradeaus, eine lange Spur stand im All, sie begann in der Ferne kleiner zu werden. Lucky beobachtete den Gegner aufmerksam, und viel zu spät erkannten seine Augen die Lichtspur.

Sicher, die von Dingo zuletzt abgefeuerte Kohlendioxydlinie kam auf ihn zu, aber sein Gegner hatte sich nach links bewegt und die Linie ebenso. Beide Bewegungen zusammen führten den Strahl genau auf Lucky zu, und die Spur traf ihn voll an der Schulter.

Für Lucky fühlte es sich wie ein harter Schlag an. Die Kristalle waren winzig, verteilten sich aber meilenweit und legten in der Sekunde viele Meilen zurück. Alle trafen seinen Anzug so schnell, daß ihm nicht einmal Zeit zu einem Blinzeln zu bleiben schien. Luckys Panzeranzug erzitterte, und der Aufschrei der Zuschauer erfüllte seinen Helm mit Lärm.

»Du hast ihn, Dingo!«

»Was für ein Treffer!«

»Genau auf das Tor zu. Sieh' nur!«

»Wunderbar, einfach großartig!«

»Guck' mal wie der Clown kreiselt!«

Im Hintergrund gab es ein Gemurmel, das sich irgendwie nicht ganz so begeistert anhörte.

Lucky kreiselte, oder besser gesagt, seinen Augen kam es so vor, als ob der Himmel und alle Sterne kreiselten. Vor seiner Sichtscheibe wurden die Sterne zu weißen Schlieren, als ob sie nun gleichfalls aus Kohlendioxydkristallen bestehen würden.

Außer den vielen verschwommenen Schemen konnte er nichts erkennen. Einen Augenblick lang hatte es den Anschein, als habe der Treffer die Fähigkeit zu denken bei ihm ausgeschaltet.

Ein Stoß in der Magengegend und einer ins Kreuz schickten ihn immer noch kreiselnd mit atemberaubender Geschwindigkeit weiter und weiter in den Weltraum hinaus.

Er mußte sich etwas einfallen lassen, sonst spielte Dingo von einem Ende des Universums bis zum anderen Fußball mit ihm. Als erstes mußte die Drehung aufhören, damit er sich orientieren konnte. Er überschlug sich diagonal zur Körperachse, linke Schulter über rechte Hüfte. Er richtete seine Stoßpistole in die entgegengesetzte Richtung. Mit blitzschnellen Stößen pumpte er Ströme von Kohlendioxyd heraus.

Die Sterne wurden langsamer, bis ihre Drehbewegungen nur noch ein gemessenes Marschtempo hatten, wodurch aus ihnen präzise defimierbare Fixpunkte wurden. Das Firmament war wieder so, wie er es kannte.

Ein Stern flimmerte und war zu hell, Lucky wußte, daß es sich um sein Tor handelte. Beinahe diametral entgegengesetzt dazu befand sich Dingos in bösem Rot leuchtende Signalscheibe. Lucky konnte sich nicht hinter das Tor begeben, dann war das Duell vorbei, und er hätte verloren. Jenseits oder ein Kilometer vor dem Torraum war das Spiel in der Regel beendet. Andererseits konnte er es sich auch nicht leisten, näher an seinen Gegner heranzukommen.

Er richtete seine Stoßpistole pfeilgerade über seinen Kopf, löste den Kontakt aus und hielt fest. Er zählte bis sechzig, bevor er den Kontakt losließ, und während der gesamten Minute spürte er auf dem Weg nach unten den Druck gegen den Helm.

Das war eine Verzweiflungstat, denn in einer einzigen Minute verbrauchte er den Kohlendioxydvorrat einer halben Stunde.

Außer sich schrie Dingo: »Du schäbiger Feigling! Miese Flasche!«

Die Schreie der Zuschauer schwollen ebenfalls an.

»Seht mal, wie er türmt.«

»Er ist an Dingo vorbei. Schnapp' ihn dir, Dingo!«

»He, Williams. Kämpf' wie ein Mann.«

Wieder konnte Lucky das blutrote Signal seines Feindes erkennen.

Er mußte in Bewegung bleiben. Etwas anderes konnte er nicht tun. Dingo war ein Profi, der einen vorbeiflitzenden zentimetergroßen Meteroiten treffen konnte. Was ihn selbst anging, dachte Lucky voller Reue, so würde er wahrscheinlich Schwierigkeiten haben, Ceres auf einen Kilometer zu treffen.

Er benutzte seine Stoßpistolen abwechselnd. Nach links, dann nach rechts; dann blitzartig nach rechts, wieder links und noch einmal nach rechts.

Das brachte nichts. Es war so, als ob Dingo im voraus wußte, wo es hinging. Er schnitt ihm den Weg ab und näherte sich erbarmungslos.

Lucky fühlte, wie ihm auf der Stirn der Schweiß ausbrach, und dann wurde ihm die Stille ringsumher bewußt. Er konnte sich nicht genau erinnern, seit wann das so war, aber sie hatte wie das Abreißen eines Fadens eingesetzt. Einen Augenblick vorher war da das Geschrei und die Lachsalven der Piraten gewesen, und gleich darauf diese Stille des Weltraums, in dem man nie ein Geräusch hören konnte.

War er aus dem Sendebereich des Schiffes getrieben? Unmöglich! Eingebaute Sender, selbst die primitivsten, reichten im All viele tausend Meilen. Er drehte die Regler auf seiner Brust auf Maximum.

»Captain Anton!«

Aber ihm antwortete nur Dingos rauhe Stimme. »Hör auf zu schreien, ich kann dich verstehen.«

»Auszeit! Mit meinem Radio stimmt etwas nicht.«

Dingo war inzwischen wieder nahe genug heran, um als menschliche Gestalt erkennbar zu sein. Eine blitzende Kristallspur, und er schwebte noch näher heran. Lucky wich zurück, aber der Pirat folgte dicht auf.

»Alles in Ordnung«, sagte Dingo. »Der Sender ist präpariert, das ist alles. Ich habe gewartet, lange gewartet. Hätte dich längst am Tor vorbeipusten können, aber ich wollte abwarten, bis der Sender ausfällt. Hab' nur 'nen kleinen Transistor abgeknipst, bevor du in den Anzug gestiegen bist. Mit mir kannst du dich immer noch unterhalten. Ein, zwei Meilen weit reicht er noch. Das heißt, ein Weilchen kannst du noch mit mir reden.« Sein eigener Witz schien ihm zu gefallen, er lachte bellend.

»Das verstehe ich nicht«, meinte Lucky.

In Dingos Stimme schwang abgrundtiefe Grausamkeit mit. »Du hast mich auf dem Schiff mit dem Blaster im Halfter erwischt. Du hast mich mattgesetzt. Mich wie einen Dummkopf aussehen lassen. Niemand legt mich so rein und macht den Molly mit mir, wenn der Captain dabei ist und lebt anschließend noch lange. Ich spare dich nicht auf, damit dich jemand anders kaltmacht, ich erledige dich hier! Und zwar höchstpersönlich!«

Dingo war jetzt viel näher. Lucky konnte beinahe das Gesicht hinter der dicken Glassitscheibe erkennen.

Seine Ausweichbewegungen gab er auf. Das konnte, so überlegte er, auf Dauer nur dazu führen, daß er ständig ausmanövriert wurde. Er dachte daran, schlicht und einfach die Flucht zu ergreifen, mit wachsender Geschwindigkeit davonzustoßen, bis der Gasvorrat zu Ende war.

Aber was geschah dann? Und würde er es zufrieden sein, sein Leben als Feigling zu beschließen?

Er würde sich einfach wehren müssen. Er zielte mit der Stoßpistole auf Dingo, aber als die Kristallspur durch den Punkt ging, an dem Dingo eben noch gewesen war, war der Pirat längst verschwunden. Er versuchte es wieder und wieder, aber Dingo war ein tanzender Derwisch.

Und dann spürte Lucky den harten Aufprall des Strahls aus der Stoßpistole seines Gegners, und wieder begann er zu kreiseln. Verzweifelt bemühte er sich, der Spiralbewegung zu entrinnen, aber bevor er das bewerkstelligen konnte, merkte er die dröhnende Gewalt eines Körpers, der mit dem seinen zusammenprallte.

Dingo hielt Luckys Anzug fest umklammert.

Helm zu Helm. Visier an Visier. Lucky starrte auf die weiße Narbe, die Dingos Oberlippe in zwei Hälften teilte. Als der Pirat lächelte, zog sie sich zusammen.

»Hallo, Kumpel«, sagte er. »Freut mich, dich zu sehen.«

Als er den Haltegriff der Arme löste, schwebte Dingo einen Augenblick lang davon, oder es hatte zumindest den Anschein. Mit den Oberschenkeln hielt der Pirat Lucky fest um die Knie gefaßt, und mit der Kraft eines Gorillas verdammte er Lucky zur Bewegungsunfähigkeit. Mit seinen drahtigen Muskeln wand sich das junge Ratsmitglied ohne Erfolg einmal nach hier und dann wieder in die andere Richtung.

Dingos teilweiser Rückzug bezweckte nur, daß seine Hände freikamen. Er streckte einen Arm hoch, mit dem Stoßpistolenkolben voran. Er traf das Visier voll, und Luckys Kopf schlug unter dem plötzlichen schmetternden Aufprall ins Genick zurück. Der gnadenlose Arm kam wieder hoch, während der andere sich um Luckys Kopf legte.

»Halt' die Birne still«, knurrte der Pirat. »Ich bring' das hier zu Ende.«

Lucky wußte, daß dies buchstäblich der Wahrheit entsprach, falls er nicht schnell handelte. Glassit war stark und haltbar, würde Rammstößen mit einem Metallgegenstand nur begrenzte Zeit standhalten.

Er preßte den Ballen seiner behandschuhten Hand gegen Dingos Helm, drückte den Arm durch und schob den Kopf des Piraten zurück. Dingo tauchte mit dem Schädel zur Seite und schüttelte Luckys Arm ab. Zum zweitenmal krachte der Kolben gegen das Visier.

Lucky ließ beide Stoßpistolen los, es kümmerte ihn nicht, daß sie an ihren Verbindungsschläuchen herabbaumelten. Mit sicherem Griff langte er nach Dingos Pistolenkabeln. Er ließ sie durch die Finger seiner Stahlhandschuhe gleiten. Seine Armmuskeln schwollen und zogen sich schmerzhaft zusammen. Er biß die Zähne zusammen und merkte, wie das Blut in den Schläfen zu pochen begann.

Während sich sein Mund in freudiger Erwartung verzog, vergaß Dingo alles um sich herum, außer dem nach oben gewandten Gesicht seines Opfers hinter der durchsichtigen Visierscheibe, das vor Angst verzerrt war, wie er annahm. Noch einmal krachte der Kolben auf das Glassit. Eine kleine sternförmige Bruchstelle erschien dort, wo das Metall getroffen hatte.

Dann gab etwas anderes nach, und das Universum schien verrückt zu werden.

Zuerst ging der eine der Verbindungsschläuche an Dingos Stoßpistolen ab und fast augenblicklich danach der andere. Ein unkontrollierter Kohlendioxydstrom schoß aus den zerrissenen Schläuchen.

Die Schläuche peitschten wie wildgewordene Schlangen umher. Lucky wurde durch die unkontrollierte und wahnwitzigen Beschleunigungen erst an die eine, dann gegen die andere Anzugseite geschleudert.

Dingos Griff lockerte sich, und er schrie überrascht auf.

Sie wurden beinahe von einander getrennt, aber Lucky hielt sich grimmig an der Ferse seines Gegners fest.

Der Kohlendioxydstrom wurde schwächer, und Hand über Hand arbeitete sich Lucky am Bein des Piraten hoch.

Sie schienen jetzt im Raum stillzustehen. Die zufälligen Jetstöße hatten sie noch nicht einmal in ein spürbares Trudeln versetzt. Dingos Stoßpistolenschläuche, inzwischen tot und schlaff, behielten ihre letzte Position bei. Alles schien stillzustehen, still wie der Tod.

Aber das war Einbildung. Lucky war sich darüber im klaren, daß sie jede Sekunde mehrere Meilen in die Richtung zurücklegten, in die der letzte Jetstrahl sie beide befördert hatte. Sie trieben allein und verloren im Weltraum.

V
DER EINSIEDLER AUF DEM FELSEN

Lucky befand sich nun auf Dingos Rücken, seine Oberschenkel umklammerten die Taille des anderen. Leise und grimmig sagte er: »Hörst du mich, Dingo, du kannst mich doch hören, oder? Ich weiß nicht, wo wir sind oder wo wir hintreiben, aber du weißt es auch nicht. Und deswegen brauchen wir uns jetzt gegenseitig. Bis du bereit, einen Handel abzuschließen? Da dein Sender bis zum Schiff reicht, kannst du herausfinden, wo wir sind, aber ohne Kohlendioxyd kommst du nicht zurück. Ich habe für uns beide genug, aber du mußt mich führen.«

»Scher' dich zur Milchstraße, Bürschchen«, brüllte Dingo. »Wenn ich mit dir fertig bin, habe ich deine Stoßröhren.«

»Das möchte ich bezweifeln«, antwortete Lucky kühl.

»Willst du sie auch abmachen, du Gimpel. Dann mal los! Los doch, du verdammter Gimpel! Wozu soll das gut sein? Der Captain wird mich holen, egal, wo ich bin, während du längst mit eingeschlagenem Helm und gefrorenem Blut im Gesicht durch die Gegend treibst.«

»Nicht ganz, Freund. Du hast etwas im Rücken, verstehst du. Vielleicht kannst du es durch das Metall nicht fühlen, es ist aber da, darauf kannst du wetten.«

»Eine Stoßpistole. Na und? Solange wir aneinanderhängen, bedeutet das überhaupt nichts.« Aber seine Arme hielten in ihrem zappelden Bemühen, Lucky in den Griff zu bekommen, inne.

»Ich bin kein Stoßpistolen-Duellist.« Ob dieses Umstandes schien Luckys Stimme vergnügt zu sein. »Aber trotzdem weiß ich mehr über Stoßpistolen als du. Der Schußwechsel findet auf Meilenabstand statt. Es gibt keinen Luftwiderstand, der den Gasstrom abbremst oder verwirbelt, dafür gibt es aber einen inneren Widerstand. Im Strom selbst treten immer Turbulenzen auf. Die Kristalle prallen gegeneinander und werden dabei langsamer. Die Gasspur wird breiter. Wird das Ziel verfehlt, verteilt sie sich im All und verschwindet, trifft sie schließlich doch noch, ist das immer noch, als ob dich ein Pferd tritt.«

»Wovon, beim All, faselst du da? Was soll das Geschwätz?« Der Pirat wehrte sich mit der Kraft eines Bullen, und Lucky keuchte vor Anstrengung, während er ihn in die alte Position zurückzwang.

»Paß' mal gut auf«, sagte Lucky. »Was glaubst du eigentlich, was passiert, wenn das Kohlendioxyd aus zehn Zentimeter Entfernung trifft, ohne daß die Turbulenzen den Strom verlangsamt haben oder der Jet aufgefächert ist? Du brauchst gar nicht zu raten, ich werd's dir erzählen. Es würde wie ein Schneidbrenner durch den Anzug gehen, und durch deinen Körper natürlich auch.«

»Du spinnst! Du quatscht Unsinn!«

Dingo fluchte wie ein Besessener, hielt seinen Körper aber plötzlich stocksteif.

»Dann versuch's doch«, sagte Lucky. »Beweg' dich! Meine Stoßpistole liegt mit der Mündung fest an deinem Anzug und ich drücke ab. Versuch' es doch.«

»Du foulst mich«, knirschte Dingo. »Das ist kein anständiger Sieg.«

»Ich habe einen Sprung im Visier. Die Männer werden wissen, wer hier nicht fair gewesen ist. Du hast eine halbe Minute, um es dir zu überlegen, Dingo.«

Die Sekunden vertickten, ohne daß einer sprach. Lucky ergriff Dingos Hand.

»Auf Wiedersehen, Dingo!« sagte er.

»Warte mal, warte!« brachte der Pirat mit belegter Stimme hervor. »Ich dehne nur gerade den Senderadius aus.« Dann rief er: »Captain Anton ... Captain Anton ...«

Es dauerte anderhalb Stunden, um wieder zum Schiff zu kommen.

Die *Atlas* schwebte wieder im Gefolge des Piratenschiffs durch den Weltraum. Die automatische Steuerung war auf manuelle Bedienung umgeschaltet worden, und eine dreiköpfige Prisenmannschaft überwachte die Antriebsaggregate. Wie zuvor hatte die *Atlas* eine Passagierliste von genau einem Mann – Lucky Starr.

Lucky stand in einer Kabine unter Arrest und bekam die Crew nur zu Gesicht, wenn er seine Mahlzeiten erhielt. Dabei handelte es sich um die Vorräte von Bord der *Atlas*, dachte Lucky. Oder zumindest um das, was davon noch übrig geblieben war. Ein Großteil der Lebensmittel und all jene Ausrüstungsgegenstände, die für das Manövrieren des Schiffes nicht undabdingbar notwendig waren, hatte man bereits auf das Piratenschiff hinübergeschafft.

Seine erste Mahlzeit brachten ihm drei Piraten gemeinsam. Es waren schlanke Männer, von der ungebrochenen Sonne des Weltraums tief gebräunt.

Sie reichten ihm das Tablett, ohne etwas zu sagen, untersuchten die Kabine mit Sorgfalt, blieben stehen, während er die Dosen öffnete und den Inhalt erwärmte, dann trugen sie die Reste wieder weg.

»Setzt euch, Männer«, sagte Lucky. »Ihr braucht nicht zu stehen, während ich esse.«

Keine Antwort. Einer, es handelte sich um den dünnsten und hohlwangigsten der drei, seine Nase war einmal gebrochen worden und stand nun schief im Gesicht und sein Adamsapfel zeichnete sich scharf ab, sah seine Kameraden an, als überlege er, ob er die Einladung annehmen solle. Die anderen zeigten aber keine Reaktion.

Schiefnase brachte ihm die nächste Mahlzeit allein. Er stellte das Tablett ab, ging zur Tür zurück und öffnete sie. Er spähte den Korridor entlang, machte wieder zu und sagte: »Ich heiße Martin Maniu.«

Lucky lächelte. »Bill Williams. Die beiden anderen reden nicht mit mir, wie?«

»Das sind Freunde von Dingo. Ich nicht. Vielleicht bist du ein Regierungsspitzel, wie der Captain glaubt, vielleicht bist du auch keiner. Ich habe keine Ahnung. Aber was mich betrifft, ist jeder, der mit Dingo, der Ratte, macht, was du getan hast, in Ordnung. Er hält sich für schlau und liebt rauhe Scherze. Als ich neu war, hat er mich einmal in ein Stoßpistolenduell verwickelt. Er hat mich beinahe gegen einen Asteroiden geschossen. Und das ganz ohne Grund. Er hat behauptet, es sei ein Versehen gewesen, aber überleg' mal, der macht doch mit einer Stoßpistole keine Fehler. Du hast dir eine Menge Freunde gemacht, Mister, als du die Hyäne am Hosenboden zurückgeschleift hast.«

»Das freut mich.«

»Aber nimm' dich vor ihm in acht. Das wird er dir nie vergessen. Paß' auf, daß du nie mit ihm allein bist, selbst in zwanzig Jahren nicht. Es ist nicht nur, daß du ihn besiegt hast, verstehst du, sondern weil du ihn mit der Story über Kohlendioxyd, das angeblich durch eine Dreizentimeterplatte aus Metall schneidet, geblufft hast. Alle lachen ihn aus, und das hat er satt. Er ist regelrecht krank, Mann. Das ist das Schönste, was je passiert ist. Mann, ich hoffe echt, daß der Boß dich mitmachen läßt.«

»Der Boß? Captain Anton?«

»Nein, der Boß. Der große Chef. Sag' mal, das Essen hier an Bord ist wirklich klasse. Besonders das Fleisch.« Der Pirat schmatzte vernehmlich mit den Lippen. »Dieses Gerstenmus hängt dir bald zum Halse raus, besonders, wenn du selbst auch noch die Kessel überwachen mußt.«

Lucky kratzte die Essensreste von seinem Teller. »Wer ist der Kerl?«

»Wen meinst du?«

»Den Boß.«

Maniu zuckte die Achseln. »Beim All! Ich habe keine Ahnung. Du glaubst doch nicht etwa, einer wie ich würde ihn je zu Gesicht bekommen. Es ist jemand, von dem alle Welt redet. Ist doch klar, einer muß der Boß sein.«

»Kompliziert angelegte Organisation.«

»Mann, du machst dir keine Vorstellung davon, bis du selbst bei dem Verein mitmachst. Paß' auf, als ich hier herauskam, war ich total abgebrannt. Ich wußte nicht, was ich tun sollte. Ich dachte, na, wir knallen ein paar Schiffe ab und dann bekomme ich mein eigenes und das wär's dann gewesen. Das wäre bestimmt besser, als einfach zu verhungern, meinst du nicht auch?«

»Aber so ist es nicht gekommen?«

»Nein. Ich war noch nie bei einem Überfall dabei. Von uns hier ist kaum einer mal mitgeflogen. Nur einige wie Dingo. Er ist immer dabei. Gefällt ihm wohl, der Ratte. Hauptsächlich ziehen wir los, um ab und an ein paar Frauen aufzutun ...« Der Pirat lächelte. »Ich bin verheiratet und habe ein Kind. Sollte man gar nicht meinen, oder? Klar, wir haben ein eigenes kleines Geschäft. Uns gehören ein paar Gerstenkessel. Ab und zu heuere ich zum Weltraumdienst an, so wie jetzt zum Beispiel. Das ist ein leichter Job. Wenn du mitmachst, könntest du ganz gut dabei fahren. Ein gutaussehender Bursche wie du findet in Null-Komma-Nichts eine Frau und kann eine Familie gründen. Oder es gibt auch reichlich Abenteuer, falls du daran Spaß hast.

Oh ja, Bill. Ich hoffe, daß der Boß dich nimmt.«

Lucky begleitete ihn zur Tür. »Wo segeln wir übrigens hin? Etwa zu einer der Basen?«

»Nur zu einem der Felsen, schätze ich. Zum nächstgelegenen. Du bleibst hier, bis Bescheid gesagt wird. Das machen sie gewöhnlich immer so.«

Während er die Tür schloß, fügte er noch hinzu: »Und sag' den beiden anderen oder sonst irgendjemandem kein Wort darüber, daß ich mit dir geredet habe, o. k. Kumpel?«

»Kannst dich darauf verlassen.«

Als er wieder allein war, schlug er bedächtig und leicht mit der Faust in die Handfläche seiner anderen Hand. Der Boß! War das eben nur Gerede gewesen? Kompletter Unsinn? Oder hatte es etwas zu bedeuten? Und das übrige Gespräch?

Er würde warten müssen. Heilige Milchstraße! Wenn Conway und Henree nur geistesgegenwärtig genug sind, wenigstens noch eine Weile lang nicht einzugreifen.

*

Als sich die *Atlas* näherte, erhielt Lucky keine Gelegenheit, den »Felsen« in Augenschein zu nehmen. Er bekam ihn überhaupt nicht zu Gesicht, bis er aus der Luftschleuse heraus ins All trat – Martin Maniu voran und ein zweiter Pirat hinterher – und den Asteroiden hundert Meter unter sich sah.

Der Asteroid war ein typischer Vertreter seiner Art. Lucky schätzte, daß er an seiner breitesten Stelle ungefähr zwei Meilen maß. Er war rechteckig und zerklüftet, ganz so, als hätte ein Riese die Spitze eines Berges abgerissen und sie dann in den Weltraum geschleudert. Die der Sonne zugekehrte Seite glitzerte bräunlich-grau. Man konnte die Rotation deutlich mit dem bloßen Auge erkennen, die Schatten wechselten und veränderten sich.

Als er die Schleuse verließ, stieß er sich nach unten in Richtung auf den Asteroiden ab, indem er die Beine gegen den Rumpf des Schiffes stemmte. Langsam schwebten die verwitterten Klippen auf ihn zu. Als er mit den Händen den Boden berührte, zwang die Bewegungsträgheit auch den Rest seines Körpers hinab, wobei er in verlangsamter Zeitlupe weiterdrehte, bis er sich an einem Vorsprung festhalten konnte und endlich zum Halten kam.

Er stand auf. Der Felsen erweckte fast so etwas wie die Illusion, es könne sich dabei um die Oberfläche eines Planeten handeln. Hinter der nächstgelegenen, hoch aufragenden Klippe lag jedoch nichts außer dem leerem Weltraum. Die Sterne, die sich durch die Rotation des Asteroiden deutlich zu bewegen schienen, waren harte grelle Glitzerpunkte. Das Schiff, das man in eine Umlaufbahn um den Brocken gebracht hatte, stand bewegungslos über ihren Köpfen.

Ein Pirat ging voraus, auf eine zwanzig Meter entfernte Erhöhung im Fels zu, die sich durch nichts von ihrer Umgebung unterschied. Der Mann schaffte die Strecke mit zwei langen Schritten. Während sie warteten, glitt ein Teil der Erhöhung zur Seite, und eine Gestalt in einem Raumanzug trat aus der Öffnung.

»Okay, Einsiedel«, sagte einer der Piraten unfreundlich, »hier ist er. Du trägst jetzt die Verantwortung für ihn.«

Die neue Stimme, die nun in Luckys Kopfhörer erklang, war sanft und ziemlich müde. »Wie lange wird er hier bleiben, meine Herren?«

»Bis wir ihn abholen kommen. Und hör' auf, Fragen zu stellen.«

Die Piraten drehten sich auf dem Absatz um und

sprangen in die Höhe. Die Anziehungskraft des Brockens konnte sie nicht zurückhalten. Sie wurden zusehends kleiner, und nach einigen Minuten bemerkte Lucky einen kurzen Kristallbllitz, als einer der beiden seine Flugrichtung mit Hilfe einer Stoßpistole korrigierte. Dabei handelte es sich um eine Miniausführung, die zur Standardausrüstung bei Raumanzügen gehört. Die Gasfüllmenge war in einer eingebauten Kohlendioxydpatrone untergebracht.

Minuten vergingen, dann glühten die Jetstrahler der Rakete auf, und das Schiff begann kleiner zu werden.

Lucky wußte, daß es sinnlos war, den Versuch zu unternehmen, die Flugrichtung, in der es verschwand, ausmachen zu wollen, ohne den genauen Stand der eigenen Position im All zu kennen. Und darüber wußte er, abgesehen davon, daß ihm bekannt war, sich irgendwo im Asteroidengürtel zu befinden, rein gar nichts.

Er war so sehr in Betrachtung versunken, daß ihn die sanfte Stimme des anderen Mannes auf dem Asteroiden beinahe aufschrecken ließ.

»Es ist herrlich hier draußen«, sagte er. »Ich komme so selten heraus, daß ich es manchmal vergesse. Sehen Sie!«

Lucky wandte sich nach links. Die kleine Sonne begann soeben über die scharfen Konturen des Asteroiden zu blinzeln. Einen Moment später war sie zu hell, als daß man hätte hineinsehen können, ein hellschimmerndes Zwanzig-Kredit-Stück. Der vorher nachtschwarze Himmel blieb stockfinster, und die Sterne strahlten wie vorher. Auf atmosphärelosen Welten war das immer so, es gab eben keinen Staub, der das Licht gebrochen und verteilt und dem Firmament ein tiefes verhüllendes Blau verliehen hätte.

Der Mann vom Asteroiden sagte: »In ungefähr fünfundzwanzig Minuten oder so geht sie wieder unter. Manchmal, wenn Jupiter ganz nahe steht, können Sie ihn als kleine Kugel mit vier Satelliten, wie militärisch ausgerichtete Fünkchen erkennen. Aber das geschieht nur alle dreieinhalb Jahre. Jetzt ist nicht die richtige Zeit dafür.«

»Diese Männer haben Sie Einsiedel genannt«, sagte Lucky geradeheraus. »Heißen Sie so? Gehören Sie dazu?«

»Sie meinen, ob ich ein Pirat bin? Nein. Aber ich bin bereit einzuräumen, daß ich vielleicht Beihilfe leiste. Mein Name ist auch nicht Einsiedel. Das ist einfach nur eine Bezeichnung, die sie für Einsiedler im Allgemeinen verwenden. Ich heiße Joseph Patrick Hansen, wenn Sie gestatten, und da wir auf unbestimmte Zeit enge Nachbarn sein dürften, hoffe ich, daß wir gute Freunde werden.«

Er streckte eine metallgeschützte Hand aus, die Lucky ergriff.

»Ich bin Bill Williams«, gab er zurück. »Sie sagten eben, Sie seien Einsiedler, soll das etwa heißen, Sie leben immer hier?«

»Stimmt genau.«

Lucky musterte die armseligen Granit- und Siliciumsplitter und runzelte die Stirn. »Sieht nicht gerade einladend aus.«

»Trotzdem werde ich mir Mühe geben, es Ihnen so angenehm wie möglich zu machen.«

Der Einsiedler berührte eine Sektion des Steins oder Felsens, aus dem er gekommen war, und wiederum bewegte sich ein Teil davon. Lucky bemerkte, daß die Kanten mit Lastium oder einem vergleichbaren Material verkleidet worden waren, um Luftundurchlässigkeit zu gewährleisten.

»Wollen Sie nicht eintreten, Mr. Williams?« sagte der Einsiedler mit einer einladenden Geste.

Lucky folgte ihm. Die Steintür schloß sich hinter ihnen. Während das geschah, schaltete sich eine kleine Leuchtstofflampe an und vertrieb die Finsternis. Eine kleine Luftschleuse, nicht größer als notwendig, um zwei Männer aufzunehmen, wurde erkennbar.

Ein kleines Rotlicht flackerte auf, und der Einsiedler meinte: »Sie können Ihr Visier jetzt öffnen. Wir haben Sauerstoff.« Während er sprach, nahm er sein eigenes ab.

Lucky tat es ihm nach und atmete die frische saubere Luft tief ein. Nicht schlecht. Besser als an Bord, eindeutig besser.

Aber als sich die innere Tür öffnete, fielen Lucky beinahe die Augen aus dem Kopf.

VI
AUF DEM ASTEROIDEN

Selbst unten auf der Erde hatte Lucky nur wenige Räume gesehen, die derartig luxuriös eingerichtet waren. Das Zimmer war zehn Meter lang, sechs Meter breit und zehn Meter hoch. Oben befand sich eine Galerie. Die Wände waren von oben bis unten mit Mikrofilmspulen bedeckt. Auf einem Podest stand ein Projektor, auf einem weiteren befand sich ein Modell der Milchstraße aus einem edelsteinähnlichen Material. Überall herrschte indirekte Beleuchtung.

Im gleichen Augenblick, als er den Fuß in das Zimmer setzte, spürte er den Zug von Pseudo-Grav-Motoren. Er entsprach nicht den Erdwerten. Nach dem Gefühl zu urteilen, schien es sich um einen Mittelwert aus Mars- und Erdstandard zu handeln. Ein wunderbares Gefühl von Leichtigkeit machte sich bemerkbar, gleichzeitig war genügend Anziehungskraft vorhanden, um eine vollständige Koordination der Muskeln zu ermöglichen.

Der Einsiedler hatte den Raumanzug ausgezogen und ihn über einem weißen Plastikbecken aufgehängt, in das der Reif beim Abschmelzen tropfen konnte, der sich, nachdem sie aus dem eisigen All in die warme, feuchte Luft des Raumes gekommen waren, als dicke Kruste auf dem Anzug abgelagert hatte.

Er war groß und hielt sich gerade, das Gesicht zeigte eine gesunde rosa Farbe und wies keine Furchen auf. Sein Haar hingegen war weitgehend weiß, die dichten Augenbrauen ebenfalls, und die Adern auf seinen Händen traten deutlich hervor.

Er sagte mit höflicher Betonung: »Darf ich Ihnen beim Ablegen des Anzuges behilflich sein?«

Lucky erwachte aus seiner Träumerei. »Oh, es geht schon.« Er befreite sich schnell aus seiner Montur. »Sie haben hier eine ungewöhnliche Behausung.«

»Gefällt sie Ihnen?« Hansen gestattete sich ein Lächeln. »Es hat viele Jahre gedauert, um es so herzurichten. Und das ist noch nicht alles von meinem bescheidenen Heim.« Er schien von stillem Stolz ergriffen zu sein.

»Das kann ich mir denken«, erwiderte Lucky. »Es muß noch ein Kesselraum für Beleuchtung, Wärmeversorgung und für das Pseudo-Grav-Feld dasein. Sie müssen eine Luftaufbereitungsanlage und eine Umwälzpumpe, Wassertanks, Lebensmittelvorratslager und ähnliche Dinge haben.«

»Richtig.«

»Das Einsiedlerleben ist gar nicht schlecht.«

Der Einsiedler war offensichtlich stolz und gleichzeitig erfreut. »Das braucht es auch nicht zu sein«, meinte er. »Setzen Sie sich, Williams, nehmen Sie Platz. Hätten Sie gerne etwas zu trinken?«

»Nein, besten Dank.« Lucky ließ sich in einen Lehnstuhl sinken. Die scheinbar ganz normale Sitzfläche und die Rückenpolsterung verdeckten ein weiches diamagnetisches Feld, das unter seinem Gewicht gerade soviel nachgab, um sich jeder seiner Körperkonturen anzupassen. »Es sei denn, Sie könnten eine Tasse Kaffee auftreiben.«

»Nichts leichter als das!« Der alte Mann trat in eine Nische. Sekundenschnell war er mit einer duftverströmenden, dampfenden Tasse in Händen wieder zurück. Für sich selbst hatte er ebenfalls eine mitgebracht.

Auf den entsprechenden Druck von Hansens Fuß entstand in der Lehne von Luckys Sessel eine Vertiefung, und der Einsiedler stellte die Tasse in der dafür vorgesehenen Einbuchtung ab. Währenddessen hielt er inne, um den Jüngeren anzustarren.

Lucky sah auf. »Ja?«

»Es ist nichts«, Hansen schüttelte den Kopf.

Sie sahen sich beide an. Die Lampen in den etwas entfernteren Teilen des großen Zimmers gingen aus, bis nur noch der Raum unmittelbar um die beiden Männer herum erleuchtet war.

»Und wenn Sie jetzt Nachsicht mit der Neugier eines alten Mannes haben«, begann der Einsiedler, »möchte ich Sie fragen, warum Sie hierher gekommen sind.«

»Ich bin nicht hergekommen. Ich bin hergebracht worden«, antwortete Lucky.

»Wollen Sie etwa sagen, daß Sie kein ...«, Hansen machte eine Pause.

»Nein, ich gehöre nicht zu den Piraten. Wenigstens noch nicht.«

Hansen stellte seine Tasse ab und setzte eine besorgte Miene auf. »Das verstehe ich nicht, vielleicht habe ich an Dinge gerührt, die ich besser nicht angesprochen hätte.«

»Machen Sie sich deswegen keine Gedanken. Ich werde bald dazugehören.«

Lucky trank seinen Kaffee aus, und dann erzählte er, wie er sich an Bord der *Atlas* geschlichen hatte, er berichtete der Reihe nach, dabei wählte er seine Worte mit Bedacht.

Hansen hörte gespannt zu. »Und sind Sie sich wirklich sicher, daß Sie das tun wollen, junger Mann, jetzt, wo Sie einen kleinen Einblick in diese Art von Leben bekommen haben?«

»Da bin ich mir ganz sicher.«

»Warum, um der Erde willen?«

»Das ist es, wegen der Erde und wegen dem, was sie mir angetan hat. Dort kann man nicht leben. Warum sind Sie hierher gekommen?«

»Das ist eine lange Geschichte, fürchte ich. Sie brauchen keine Angst zu kriegen, ich werde sie nicht erzählen. Ich habe diesen Asteroiden vor vielen Jahren gekauft, um meine Ferien dort zu verbringen, und mit der Zeit hat er mir immer besser gefallen. Nach und nach habe ich die Wohnfläche vergrößert und brachte Möbel und Mikrofilme von der Erde mit. Schließlich gelangte ich zu der Überzeugung, daß ich hier alles hatte, was mein Herz begehrte. Warum sollte ich also nicht für immer bleiben, fragte ich mich. Und ich bin hiergeblieben.«

»Klar, warum auch nicht? Sie sind clever. Da unten geht alles drunter und drüber. Zu viele Menschen, zu viele miese Jobs. Fast unmöglich, auf einen der Planeten zu kommen, und wenn man es schafft, bekommt man doch bloß Knochenarbeit angeboten. Ein

Mann hat heutzutage keine Möglichkeiten mehr, außer er kommt auf die Asteroiden. Ich bin noch nicht alt genug, um mich wie Sie zur Ruhe zu setzen. Aber für einen jungen Burschen bietet sich hier ein ungebundenes und aufregendes Leben. Hier kann man noch der große Boß werden.«

»Diejenigen, die bereits Bosse sind, haben es gar nicht gern, wenn junge Springinsfelds mit der Vorstellung im Kopf herumlaufen, sie könnten auch ganz nach oben kommen. Anton zum Beispiel, ich habe ihn erlebt und weiß Bescheid.«

»Vielleicht, aber bisher hat er sein Wort gehalten«, sagte Lucky. »Er hat gesagt, wenn ich diesen Dingo schlage, hätte ich gute Aussichten, bei den Männern von den Asteroiden mitmachen zu dürfen. Es sieht ganz so aus, als ob mir die Chance dazu geboten würde.«

»Es sieht ganz so aus, als seien Sie hier, das ist alles. Was wird, wenn er mit dem Beweis in Händen zurückkommt, oder mit dem, was er einen Beweis nennt, daß Sie ein Regierungsmann sind?«

»Das wird er nicht.«

»Und wenn er es doch tut? Einfach nur, um Sie loszuwerden?«

Luckys Züge verdunkelten sich, und wieder schaute Hansen ihn interessiert an, dabei runzelte er etwas die Stirn.

Lucky sagte: »Das würde er nie tun. Einen guten Mann kann er immer gebrauchen, das weiß er genau. Und überhaupt, warum lesen Sie mir eigentlich die Leviten? Sie sind doch selbst hier draußen und lassen sich mit denen ein.«

Hansen schlug die Augen nieder. »Das ist wahr. Ich sollte Ihnen nicht dreinreden. Das kommt nur daher, daß ich zu lange allein bin, dann neigt man dazu, zuviel zu reden, wenn jemand vorbeikommt, einfach nur, um das Geräusch von Stimmen zu hören. Schauen Sie, es ist Zeit zum Abendessen. Mir wäre es recht, wenn Sie und ich schweigend unsere Mahlzeit einnehmen würden, falls Ihnen das lieber ist. Oder sonst reden wir über Themen, die Ihnen lieber sind.«

»Ja, schönen Dank, Mr. Hansen. Und nichts für ungut.«

»Gut.«

Lucky folgte Hansen in eine kleine Küche. An den Wänden standen dicht an dicht Dosen mit Konzentratnahrung aller Art. Von den Markenzeichen, die Lucky vertraut waren, keine Spur, statt dessen war der Inhalt jeder Dose in buntkolorierten Radierungen, die Bestandteil des Metalls waren, beschrieben.

»Für gewöhnlich pflege ich Frischfleisch in einem besonderen Tiefkühlraum aufzubewahren«, sagte Hansen erläuternd. »Auf einem Asteroiden können Sie jede gewünschte Minustemperatur herstellen, müssen Sie wissen. Aber es ist zwei Jahre her, daß ich an solche Verpflegung kommen konnte.«

Er wählte ein halbes Dutzend Dosen aus den Regalen und dazu einen Behälter mit Milchkonzentrat. Auf seine Bitte hin nahm Lucky einen versiegelten Fünfliterkanister voll Wasser aus einem der unteren Regale.

Der Einsiedler deckte schnell den Tisch. Die Dosen waren von der selbsterhitzenden Sorte, die sich zu Speisegefäßen öffneten und denen das Besteck schon beigegeben war.

Indem er auf die Büchsen deutete, sagte Hansen mit einem amüsierten Unterton in der Stimme: »Da draußen habe ich ein ganzes Tal, das bis zum Rand mit diesen Dingern gefüllt ist, gebrauchten, versteht sich. Haben sich in zwanzig Jahren angesammelt.«

Das Essen war gut, wenn auch eigenartig. Es handelte sich um Speisen auf Hefe-Basis, wie sie nur das terrestrische Empire produzierte. Nirgendwo sonst in der Galaxis war der Druck durch Überbevölkerung so groß, die Menschenmilliarden so belastend, daß man Hefekulturen anlegen mußte. Auf der Venus, wo die meisten Hefeprodukte wuchsen, konnte so gut wie jede Art von Nahrung imitiert werden: Steaks, Nüsse, Butter oder Zuckerstangen. Sie waren auch ebenso nahrhaft wie die echten Produkte. Lucky kam der Geschmack aber nicht ganz venusianisch vor. Da war noch so ein scharfer Beigeschmack.

»Verzeihen Sie, daß ich meine Nase da reinstecke«, sagte er, »aber das kostet doch alles viel Geld, oder etwa nicht?«

»Aber ja doch, ich habe einiges. Investitionen auf der Erde zum Beispiel. Sogar ziemlich gute. Meine Schecks werden immer angenommen, oder sind bis vor zwei Jahren wenigstens immer genommen worden.«

»Was ist damals passiert?«

»Die Versorgungsschiffe sind nicht mehr gekommen. Wegen der Piraten wurde es zu gefährlich. Das war ein böser Schlag. Von den meisten Dingen hatte ich noch einen ordentlichen Vorrat, aber ich kann mir lebhaft vorstellen, wie es bei den anderen ausgesehen haben muß.«

»Bei den anderen?«

»Die anderen Einsiedler. Es gibt hunderte wie mich. Nicht alle haben es so gut wie ich. Nur ganz wenige können es sich leisten, sich ihre Welt so gemütlich einzurichten, aber sie verfügen über das Nötigste. Meistens sind es alte Leute wie ich, die Ehepartner sind gestorben, die Kinder erwachsen, die Welt verstehen sie nicht mehr, alles hat sich verändert, da kommen sie eben allein hierher. Wenn sie etwas im Sparstrumpf haben, können sie sich einen kleinen Asteroiden einrichten. Die Regierung nimmt nichts dafür. Jeder Asteroid mit weniger als fünf Meilen im Durchmesser ist frei. Wenn sie wollen, können sie sich einen Subäther-Empfänger kaufen und mit dem Universum in Verbindung bleiben. Falls nicht, haben sie vielleicht Mikrofilme oder sorgen dafür, daß ihnen von den Transportschiffen einmal im Jahr Nachrichtenüberspielungen mitgebracht werden, oder wenn sie es vorziehen, essen, ruhen und schlafen und warten aufs Sterben. Manchmal wünsche ich mir, ich hätte einige von ihnen kennengelernt.«

»Warum haben Sie es nicht gemacht?«

»Manchmal war mir danach, aber das sind keine Leute, die man so ohne weiteres kennenlernt. Schließlich sind sie hierher gekommen, um allein zu sein, und wenn man es recht betrachtet, dann bin ich ja aus dem gleichen Grund hier.«

»Aber was haben Sie getan, als die Versorgungsschiffe nicht mehr kamen?«

»Zunächst gar nichts. Ich war fest davon überzeugt, daß die Regierung die Situation bereinigen würde, und Verpflegung hatte ich für viele Monate. Ich hätte mich wahrscheinlich ein ganzes Jahr lang behelfen können. Aber dann kamen die Piratenschiffe.«

»Und Sie haben sich ihnen angeschlossen?«

Der Einsiedler zuckte die Schultern. Seine Augenbrauen zogen sich zu einem besorgten Stirnrunzeln zusammen. Sie beendeten die Mahlzeit in tiefem Schweigen.

Am Ende räumte er Dosenteller und Bestecke zusammen und steckte sie in den Wandcontainer der Nische, die in die Küche führte. Lucky vernahm ein schwaches knirschendes Geräusch von Metall auf Metall, das schnell an Intensität abnahm.

»Das Pseudo-Grav-Feld bezieht die Abfallröhre nicht mit ein«, bemerkte Hansen. »Ein Luftzug genügt, und schon segelt alles in das Tal, von dem ich Ihnen erzählt habe, obwohl es eine Meile von hier weg ist.«

»Mir scheint«, gab Lucky zurück, »wenn Sie es mit etwas mehr Druck versuchen, dann wären Sie die Dosen komplett los.«

»Richtig. Ich nehme an, die meisten Einsiedler machen es auch so. Aber mir gefällt die Vorstellung nicht. Außerdem wäre es eine Vergeudung von Luft und Metall. Vielleicht können wir die Büchsen eines Tages wiederverwenden. Wer weiß? Und außerdem, die meisten Dosen verschwänden bestimmt auf Nimmerwiedersehen, aber einige würden den Asteroiden sicher wie kleine Monde umkreisen. Die Vorstellung, von meinem eigenen Abfall begleitet zu werden, erscheint mir reichlich würdelos. Wollen Sie rauchen? Nein? Etwas dagegen, wenn ich …?«

Er zündete sich eine Zigarre an und redete weiter, nachdem er einen befriedigten Seufzer ausgestoßen hatte. »Für regelmäßigen Tabaknachschub können die Männer der Asteroiden nicht sorgen, deswegen ist dies hier zu einem seltenen Genuß für mich geworden.«

»Versorgen sie Sie mit allem Übrigen?« fragte Lucky.

»Stimmt genau. Wasser, Maschinenteile und frischgeladene Batterien. Eine Hand wäscht die andere.«

»Was tun Sie dafür?«

Der Einsiedler betrachtete eingehend sein glühendes Zigarrenende. »Nicht viel. Sie benutzen diese

Welt. Sie lassen ihre Schiffe hier einlaufen, und ich erstatte keine Meldung. Meine Behausung betreten sie nicht, und was sie auf dem Brocken anstellen, geht mich nichts an. Ich will es auch gar nicht wissen. Das ist sicherer so. Manchmal werden Leute abgesetzt, so wie Sie jetzt, und später wieder abgeholt. Ich glaube, manchmal landen sie, um kleinere Reparaturen durchzuführen. Dafür bringen sie mir Versorgungsgüter.«

»Sie versorgen aber nicht alle Einsiedler?«

»Das weiß ich nicht. Vielleicht.«

»Das wäre ein Haufen Nachschub. Wo kriegen sie das Zeug nur her?«

»Sie bringen Schiffe auf.«

»Aber nicht genug, um hunderte von Einsiedlern und noch dazu sich selbst versorgen zu können. Ich meine, sie müßten dann verdammt viele Schiffe aufbringen.«

»Keine Ahnung.«

»Kümmert Sie das gar nicht? Sie führen hier ein angenehmes Leben, aber vielleicht stammt das Essen, das wir eben verspeist haben, von einem Schiff, dessen Crew mittlerweile als gefrorene Leichen um irgendeinen Asteroiden kreisen, als menschlicher Abfall sozusagen. Haben Sie daran mal gedacht?«

Der Einsiedler errötete, peinlich berührt. »Jetzt revanchieren Sie sich für meine Predigt von vorhin. Sie haben recht, aber was soll ich machen? *Ich* habe die Regierung nicht im Stich gelassen und verraten. Sie hat *mich* im Stich gelassen und verraten. Meine Investitionen auf der Erde werfen Steuern ab. Also warum werde ich nicht geschützt? Ich habe diesen Asteroiden in gutem Glauben bei der Terrestrischen Behörde für Außenweltbesiedlung angemeldet. Er gehört zum terrestrischen Empire. Ich habe einen begründeten Anspruch auf Schutz vor Piraten. Wenn sich in der Richtung nichts tut, wenn mein Lieferant glattweg sagt, er könne nichts mehr bringen, egal zu welchem Preis, was soll ich dann Ihrer Meinung nach anstellen?

Sie könnten sagen, ich solle zur Erde zurückkehren, aber wie kann ich das alles hier im Stich lassen? Dies ist meine eigene Welt: meine Mikrofilme mit den großen Klassikern, die ich so liebe. Ich besitze sogar eine Shakespeare-Ausgabe; eine Ablichtung eines echten alten gedruckten Buches. Ich habe zu essen, Getränke und meine Privatsphäre: So bequem könnte ich es nirgendwo sonst im Universum haben.

Aber Sie müssen nicht glauben, daß mir die Entscheidung leichtgefallen ist. Hier steht ein Sub-Äther-Sender. Ich könnte mich mit der Erde in Verbindung setzen. Ich besitze ein kleines Schiff, mit dem man es die kurze Strecke bis nach Ceres schaffen kann. Die Männer der Asteroiden wissen das, aber sie trauen mir. Sie wissen ganz genau, daß ich keine Wahl habe. Wie ich Ihnen schon sagte, als wir uns getroffen haben, ich bin so eine Art Komplize.

Ich habe ihnen geholfen. Vor dem Gesetz macht mich das zum Piraten. Falls ich zurückgehe, steht mir Gefängnis, wahrscheinlich sogar die Hinrichtung bevor. Falls nicht, falls man mich laufen läßt, vorausgesetzt, ich stelle mich als Kronzeuge zur Verfügung, würden mir die Männer der Asteroiden das niemals vergessen. Sie würden mich aufstöbern, ganz gleich, wo ich mich verstecke, es sei denn, mir würde vom Staat lebenslanger Schutz gewährt.«

»Es sieht ganz so aus, als seien Sie arm dran«, stellte Lucky sarkastisch fest.

»So, finden Sie?« antwortete der Einsiedler. »Vorausgesetzt, ich bekomme die richtige Unterstützung, ist es durchaus möglich, daß mir völliger Schutz gewährt wird.«

Nun war Lucky an der Reihe: »Ich wüßte nicht, wie das gehen sollte.«

»Ich denke schon.«

»Ich verstehe Sie nicht.«

»Passen Sie auf, ich werde Ihnen als Gegenleistung für die Hilfe ein paar warnende Worte sagen.«

»Ich kann gar nichts für Sie tun. Wie lautet die Warnung?«

»Verschwinden Sie von diesem Asteroiden, bevor Anton und seine Leute wiederkommen.«

»Nicht ums Verrecken. Ich bin hierhergekommen, um bei denen mitzumachen, nicht, um nach Hause zu gehen.«

»Wenn Sie nicht verschwinden, werden Sie für immer hier bleiben, und zwar als Leiche. Die nehmen Sie in keine Mannschaft auf. Sie kommen nicht in Frage, Mister.«

Luckys Gesicht verzog sich vor Zorn. »Worüber, beim All, reden Sie da, Oldtimer?«

»Da ist es wieder. Wenn Sie wütend werden, sehe ich es ganz deutlich. Sie heißen nicht Bill Williams, mein Junge. In welchem Verhältnis stehen Sie zu Lawrence Starr vom Wissenschaftsrat? Sind Sie Starrs Sohn?«

VII
KURS CERES

Luckys Augen verengten sich zu Schlitzen. Er merkte, wie sich die Muskeln seines rechten Armes unwillkürlich zusammenzogen, so, als wolle er an die

Hüfte greifen. Dort befand sich aber kein Blaster. In Wirklichkeit rührte er sich nicht von der Stelle.

Er kontrollierte seine Stimme vollständig. »Wessen Sohn?« fragte er verständnislos. »Wovon reden Sie?«

»Ich bin ganz sicher.« Der Einsiedler beugte sich vor und ergriff mit ernster Mine Luckys Handgelenk. »Ich kannte Lawrence Starr sehr gut, er hat mir einmal geholfen, als ich dringend Hilfe brauchte. Sie sind ihm wie aus dem Gesicht geschnitten. Ich irre mich bestimmt nicht.«

Lucky zog seine Hand zurück. »Sie reden Unsinn.«

»Hör' mal, mein Junge, es ist vielleicht wichtig für dich, deine Identität nicht preiszugeben, vielleicht traust du mir auch nicht. Geht in Ordnung, ich verlange gar nicht von dir, daß du mir traust. Ich habe mit den Piraten gemeinsame Sache gemacht und bestreite das nicht. Aber hör' mir trotzdem zu. Die Männer der Asteroiden verfügen über eine gute Organisation. Vielleicht brauchen sie Wochen dazu, aber falls Anton dich in Verdacht hat, werden sie nicht eher Ruhe geben, bis sie dich auf Herz und Nieren geprüft haben. Auf Lügenmärchen fallen die nicht rein. Sie kommen hinter deine wahre Identität. Geh' weg, ich rate dir gut, geh!«

»Wenn ich dieser Typ wäre, von dem Sie da reden, Oldtimer, würden Sie sich da nicht selbst in Schwierigkeiten bringen?« erkundigte sich Lucky. »Wenn ich Sie richtig verstehe, dann wollen Sie, daß ich Ihr Schiff nehme.«

»Ja.«

»Und was werden Sie unternehmen, wenn die Piraten zurückkommen?«

»Ich wäre nicht da. Verstehst du mich nicht? Ich will mit dir kommen.«

»Und alles das hier im Stich lassen?«

Der Alte zögerte. »Stimmt, das ist hart. Aber eine Chance wie diese wird sich mir nicht noch einmal bieten. Du bist ein einflußreicher Mann, das mußt du sein. Vielleicht bist du sogar ein Ratsmitglied. Du hast hier einen Geheimauftrag. Dir werden sie glauben. Du könntest mich beschützen, für mich bürgen. Du würdest verhindern, daß ich gerichtlich belangt werde und dafür sorgen, daß die Piraten mir nichts antun können. Für den Rat würde es sich lohnen, junger Mann. Ich würde alles, was ich über die Piraten weiß, erzählen. Ich wäre zur vollständigen Zusammenarbeit bereit.«

»Wo steht Ihr Schiff?« fragte Lucky kurz angebunden.

»Der Handel gilt also?«

*

Das Schiff war tatsächlich sehr klein. Durch einen engen Korridor gelangten sie zur Rakete. Sie mußten im Gänsemarsch gehen, und ihre Gestalten in den Raumanzügen wirkten grotesk.

»Ist Ceres nahe genug, um ihn mit einem Bordteleskop orten zu können?« wollte Lucky wissen.

»Ja, natürlich.«

»Könnten Sie ihn ohne Schwierigkeiten wiedererkennen?«

»Gewiß.«

»Dann wollen wir mal an Bord gehen.«

Die Stirnseite der luftleeren Höhle, in der die Rakete stand, öffnete sich in dem Moment nach außen, als die Triebwerke eingeschaltet wurden.

»Funkgesteuert«, erklärte Hansen.

Das Schiff war aufgetankt und hatte Vorräte an Bord. Es ließ sich problemlos steuern, als es von seinem Liegeplatz abhob. Die Leichtigkeit, mit der das Schiff in den Weltraum emporschwebte, war nur unter diesen praktisch gravitationslosen Bedingungen möglich. Zum ersten Mal konnte Lucky Hansens Asteroiden vom All aus sehen. Kurz bevor es im Dunkel verschwand, erhaschte er einen Blick auf das Tal der leeren Büchsen. Es wirkte heller als das Felsgestein ringsumher.

Hansen sagte: »Jetzt können Sie es mir ja ruhig sagen, sind Sie wirklich Lawrence Starrs Sohn?«

Lucky hatte einen gutgeladenen Blaster und ein anständiges Halfter entdeckt. Als er zu sprechen anfing, schnallte er es gerade um.

»Mein Name«, sagte er, »ist David Starr. Die meisten nennen mich Lucky.«

*

Ceres ist ein Monster unter den Asteroiden. Er ist beinahe fünfhundert Meilen im Durchmesser, und auf seiner Oberfläche stehend wiegt ein durchschnittlicher Mann sogar ganze zwei Pfund. Er ist ziemlich rund, und jemand, der sich sehr nahe vor ihm im Weltraum befindet, könnte leicht zu dem Schluß gelangen, es handele sich bei Ceres um einen richtigen Planeten.

Trotzdem, wäre die Erde hohl, dann könnte man viertausend Körper von Ceres' Größe hineinwerfen, bis sie voll wäre.

Bigman stand auf der Oberfläche von Ceres, sein Körper war durch den Raumanzug unförmig vergrößert. Der Anzug war bis zum Geht-nicht-mehr mit Bleiplatten vollgestopft, an den Füßen trug er Pantinen, deren Sohlen aus dreißig Zentimeter dickem Blei bestanden. Das war seine eigene Idee gewesen, nützte aber so gut wie gar nichts. Er wog immer noch weniger als vier Pfund und jede seiner Bewegungen drohte ihn ins All hinaufzubefördern.

Er befand sich seit Tagen auf Ceres. Nach der schnellen Reise mit Conway und Henree vom Mond hierher wartete er eben auf diesen Augenblick, wartete darauf, daß Lucky Starr den Funkspruch absetzte, er werde in Kürze landen. Gus Henree und Hector Conway waren nervös gewesen, sie fürchteten, Lukky sei tot, machten sich deswegen Sorgen. Er, Bigman, hatte es besser gewußt. Lucky wurde mit allem fertig. Das hatte er ihnen gesagt. Als Luckys Nachricht schließlich kam, rieb er es ihnen noch einmal unter die Nase.

Aber trotzdem, wie er hier so auf dem gefrorenen Boden von Ceres mit nichts zwischen sich und den Sternen stand, gestand er sich seine Erleichterung ein.

Von seinem Standpunkt aus sah er direkt auf die Kuppel des Observatoriums, dessen entfernt liegender Ausläufer hinter den nahegelegenen Horizont verschwanden. Es war das größte Observatorium des terrestrischen Empires, und dafür gab es sehr einleuchtende Gründe.

In dem Teil des Sonnensystems, das innerhalb der Jupiterumlaufbahn lag, verfügten die Planeten Venus, Erde und Mars über Atmosphären, und dieser Umstand machte sie zu – für astronomische Beobachtungen – ungeeigneten Basen. Die Luftschicht, selbst wenn sie nur so dünn war wie auf dem Mars, löschte alle feineren Einzelheiten. Sie ließ das Aussehen von Sternen verschwimmen und flackern und verdarb dadurch alles. Das größte atmosphärelose Objekt innerhalb der Jupiterbahn war der Merkur. Dieser Stern stand aber so nahe bei der Sonne, daß sich die Observatorien in seiner Dämmerzone auf die Beobachtung der Sonne verlegt hatten. Dazu genügten relativ kleine Teleskope.

Der zweitgrößte Himmelskörper ohne Luftschichten war der Mond. Aber auch hier diktierten die Umstände eine Spezialisierung. So hatte sich die Wettervorhersage für die Erde in eine genaue, zu langfristigen Prognosen fähige Wissenschaft entwickelt. Man konnte aus einer Entfernung von einer Viertelmillion Meilen die gesamte Erdatmosphäre überblicken.

Das drittgrößte Objekt ohne Luft war Ceres. Und es war gleichzeitig das beste von allen. Die praktisch nicht vorhandenen Gravitationsverhältnisse gestatteten es, riesige Linsen und Spiegel zu gießen, ohne daß man befürchten mußte, daß sie zu Bruch gingen, selbst das Risiko des Nachgebens unter dem eigenen Gewicht konnte außer acht gelassen werden. Die Struktur der Teleskopröhre selbst bedurfte keiner besonderen Festigkeit. Ceres war beinahe dreimal so weit von der Sonne entfernt wie der Mond und das Licht nur ein Achtel so hell. Seine schnelle Rotation sorgte dafür, daß die Temperaturverhältnisse auf Ceres nahezu konstant blieben. Kurz gesagt, zur Beobachtung der Fixsterne und der äußeren Planeten war Ceres einfach ideal.

Gestern erst hatte Bigman den Saturn durch ein zweitausendfünfhundert Zentimeter Reflektionsteleskop beobachtet. Das Schleifen des riesigen Spiegels hatte zwanzig Jahre peinlichst genauer und unaufhörlicher Arbeit gekostet.

»Wodurch sehe ich da?« hatte er gefragt.

Sie hatten ihn ausgelacht. »Sie sehen durch gar nichts.«

Vorsichtig hatten sie mit drei Mann die Steuerungseinrichtungen bedient, jeder einzelne tat etwas, das auf die Bewegungen der beiden anderen genau abgestimmt war. Schließlich waren sie mit ihrer Arbeit zufrieden gewesen. Die schwachen roten Lichter wurden noch schwächer, und in der nachtschwarzen Grube, um die sie herumsaßen, erwachte plötzlich ein weißer Lichtfleck zum Leben. Ein Griff und die Scharfeinstellung war da.

Bigman pfiff überrascht durch die Zähne. Der Saturn!

Es war der Saturn, neunzig Zentimeter im Durchmesser, genau wie er ihn schon ein halbes Dutzend mal im All gesehen hatte. Hell leuchteten die Drillingsringe, und er konnte drei murmelähnliche Monde erkennen. Dahinter befanden sich mehrere Sternnebel. Bigman hatte das Bedürfnis umherzugehen und wollte sehen, wie das Ganze aussah, wenn der Nachtschatten mittenhindurch schnitt, aber das Bild veränderte sich nicht, als er seine Position veränderte.

»Es handelt sich um ein Scheinbild«, hatte man ihm gesagt, »das Ganze ist nur Einbildung. Egal, wo Sie sich hinstellen, Sie werden immer das Gleiche sehen.«

Hier auf der Asteroidenoberfläche konnte Bigman den Saturn mit dem bloßen Auge erkennen. Er war nur ein weißer Punkt, aber heller als die anderen weißen Punkte, die Fixsterne darstellten. Von hier erschien er doppelt so hell wie von der Erde aus, aber schließlich war der Abstand von Ceres aus auch 300 Millionen Kilometer geringer. Die Erde lag auf der anderen Seite von Ceres in der Nähe der erbsengroßen Sonne. Mutter Erde bot keinen sehr eindrucksvollen Anblick, da die Sonne sie unweigerlich zwergenhaft erscheinen ließ.

Der Anruf flutete durch seinen auf Empfang gestellten Kopfhörer, und Bigmans Helm dröhnte, so laut kam der Ton durch.

»He, Winzling, mach' dich auf die Socken. Es kommt gerade ein Schiff an.«

Bigman schreckte auf, und mit zappelnden Gliedern hob es ihn in die Höhe. »Wen nennst du da Winzling?« schrie er zornig.

Der andere lachte nur. »Sag' mal, was berechnest du für Flugstunden, Däumling?«

»Ich geb' dir gleich Däumling«, fauchte Bigman aufgebracht. Er hatte den Scheitelpunkt seiner Flugbahn überschritten und kam nun zögernd und langsam wieder herunter. »Wie heißt du, Schlaumeier? Spuck den Namen aus, und ich schlag' dir die Nase ein, sobald ich aus dem Anzug bin.«

»Glaubst du, du kommst an meine Nase ran?« kam die spöttische Retourkutsche. Bigman wäre bestimmt in winzige Teile explodiert, hätte er nicht in diesem Augenblick das über den Horizont huschende Schiff erkannt.

In langen, unbeholfenen Sprüngen setzte er quer über die eingegebene Quadratmeile, die als Raumfahrthafen diente, dabei versuchte er genau abzuschätzen, wo das Schiff landen würde.

Mit zischenden Jets sank es wie eine Feder zur Oberfläche, und als sich die Schleuse öffnete und Luckys große Gestalt in dem Schutzanzug zum Vorschein kam, machte Bigman vor Freude einen langen Satz, und dann waren sie wieder zusammen.

Conway und Henree waren in ihrer Begrüßung weniger stürmisch, aber nicht weniger erfreut. Alle beiden schüttelten feste Luckys Hand, so, als ob sie durch einfache körperliche Berührung feststellen wollten, ob es mit Lucky in Lebensgröße auch seine Richtigkeit habe.

Lucky mußte lachen. »Aua, nun laßt es gut sein. Ich muß auch mal atmen. Was ist eigentlich los? Habt ihr denn nicht daran geglaubt, daß ich wiederkomme?«

»Hör mal zu«, fing Conway an, »das nächste Mal ziehst du uns besser zu Rate, bevor du einfach aus so einer verrückten Laune heraus losziehst.«

»Na gut, aber nur, wenn es nicht zu verrückt ist, sonst laßt ihr mich ja doch nicht weg.«

»Das laß' mal unsere Sorge sein. Ich könnte dich dafür vom Weltraumdienst suspendieren. Ich könnte dich jetzt sofort unter Arrest stellen. Sogar aus dem Rat könnte ich dich schmeißen«, sagte Conway.

»Und was wirst du bei der großen Auswahl nun tun?«

»Nichts werde ich tun, du Riesendummkopf. Aber vielleicht schlage ich dir doch noch eines Tages den Schädel ein.«

Lucky wandte sich Augustus Henree zu. »Du wirst ihn doch davon abhalten, oder?«

»Ehrlich gesagt, ich werde ihm dabei helfen.«

»Dann muß ich wohl klein beigeben. Aber hier ist ein Herr, den ihr kennenlernen solltet.«

Bislang hatte Hansen sich im Hintergrund gehalten und sich augenscheinlich über den Austausch von unsinnigen Bemerkungen amüsiert. Die beiden älteren Ratsmitglieder hatten ihre Aufmerksamkeit so sehr auf Lucky konzentriert, daß sie den anderen überhaupt nicht bemerkten.

»Dr. Conway«, sagte Lucky, »Dr. Henree, dies hier ist Mr. Joseph P. Hansen, der Mann, dessen Schiff ich benutzt habe, um hierher zu gelangen. Seine Unterstützung war mir sehr wertvoll.«

Der alte Einsiedler schüttelte den beiden Wissenschaftlern die Hand.

»Ich nehme nicht an, daß Sie Dr. Conway und Dr. Henree schon einmal getroffen haben«, sagte Lucky, und der Einsiedler schüttelte den Kopf.

»Also«, fuhr er fort, »beide sind wichtige Leute im Wissenschaftsrat. Wenn Sie gegessen und sich etwas ausgeruht haben, werden sie sich mit Ihnen unterhalten und Ihnen auch behilflich sein, dessen bin ich sicher.«

*

Eine Stunde später saßen die beiden Ratsmitglieder mit ernsten Gesichtern Lucky gegenüber. Dr. Henree drückte den Tabak in seiner Pfeife mit dem kleinen Finger fest und begann, während er Luckys Bericht über seine Abenteuer mit den Piraten lauschte, mit ruhigen Zügen zu rauchen.

»Hast du das Bigman schon alles erzählt?« fragte er.

»Ich habe gerade eine Zeitlang mit ihm geredet«, räumte Lucky ein.

»Und er ist nicht über dich hergefallen, weil du ihn nicht mitgenommen hast?«

»Begeistert war er nicht«, gab Lucky zu.

Conway hingegen machte sich ernsthaftere Gedanken. »Ein Schiff, wie die Sirier es bauen, was?« sagte er gedankenverloren.

»Daran besteht nicht der geringste Zweifel«, antwortete Lucky. »Soviel wissen wir wenigstens.«

»Die Information war das Risiko nicht wert«, stellte Conway trocken fest. »Eine andere Tatsache macht mir viel mehr Kopfzerbrechen. Es ist offensichtlich, daß die Sirier Kontakte im Wissenschaftsrat haben.«

Henree nickte ernst. »Das sehe ich auch so. Schlimme Sache.«

»Wie kommt ihr denn darauf?« wollte Lucky wissen.

»Heilige Milchstraße, Junge, das ist doch sonnenklar«, knurrte Conway. »Ich gebe zu, wir haben eine große Mannschaft an der Rakete eingesetzt, und selbst bei bestem Willen sind Unvorsichtigkeiten bei der Weitergabe von Informationen möglich. Fest steht aber, daß die Höllenmaschine und besonders die Art und Weise, wie der Zündmechanismus konstruiert war, nur Ratsmitgliedern bekannt war. Und zwar nur sehr wenigen Ratsmitgliedern. Irgendwo in dieser kleinen Gruppe befindet sich ein Spion, und ich hätte Stein und Bein geschworen, daß auf alle Verlaß ist.« Er schüttelte den Kopf. »Ich kann es immer noch nicht glauben.«

»Das brauchst du auch nicht«, meinte Lucky.

»Ach? Und warum nicht?«

»Die undichte Stelle zu den Siriern war zeitlich begrenzt. Die sirische Botschaft hat ihre Informationen von mir bekommen.«

VIII

BIGMAN GREIFT EIN

»Natürlich auf Umwegen, über einen ihrer uns bekannten Spione«, sagte er mit Nachdruck, als die beiden älteren Männer ihn schockiert anstarrten.

»Ich verstehe dich überhaupt nicht«, sagte Henree mit leiser Stimme. Conway war offenbar sprachlos.

»Es mußte sein. Ich mußte mich bei den Piraten anbiedern, ohne Verdacht zu erregen. Wenn sie mich auf einem Vermessungsschiff angetroffen hätten, wäre ich auf der Stelle erschossen worden. Finden sie mich aber auf einem verminten Schiff, dessen Geheimnis sie durch einen glücklichen Zufall herausbekommen haben, dann halten sie mich wirklich für einen blinden Passagier. Versteht ihr nicht? Auf einem Vermessungsschiff bin ich nur ein Besatzungsmitglied, das nicht rechtzeitig entkommen konnte. Auf einer fliegenden Bombe wäre ich ein armes Schwein, dem nicht klar ist, wo es sich versteckt hat.«

»Sie hätten dich so oder so erschießen können. Sie hätten deine List vielleicht durchschauen und in dir einen Spion sehen können. Tatsache ist, daß sie es um ein Haar getan haben.«

»Stimmt. Fast hätten sie es getan«, räumte Lucky ein.

Zu guter Letzt explodierte Conway. »Und was ist mit dem ursprünglichen Plan? Wir wollten doch eine ihrer Basen in die Luft jagen, oder etwa nicht? Wenn ich an die Monate denke, die wir auf den Bau der *Atlas* und an das Geld, das wir hineingesteckt haben, denke ...«

»Was hätte es schon gebracht, wenn wir einen ihrer Stützpunkte hätten hochgehen lassen? Wir haben an einen riesigen Raumhafen mit Piratenschiffen gedacht, aber in Wirklichkeit hat es sich dabei nur um Wunschvorstellungen gehandelt. Eine Organisation auf den Asteroiden muß dezentralisiert sein. Wahrscheinlich haben die Piraten nicht mehr als drei oder vier Schiffe in jedem Hafen. Für mehr gäbe es auch gar keinen Platz. Drei oder vier Schiffe in die Luft zu jagen wäre vergleichsweise sehr bescheiden gewesen, falls es mir gelungen wäre, in ihre Organisation einzudringen.«

»Aber du hast es nicht geschafft«, stellte Conway sachlich fest. »Trotz des wahnwitzigen Risikos, das du eingegangen bist, hast du es nicht geschafft.«

»Leider war der Piratenkapitän, der die *Atlas* aufgebracht hat, zu mißtrauisch oder auch zu clever für uns. Ich werde versuchen, sie nicht noch einmal zu unterschätzen. Aber noch ist nicht alles verloren. Wir wissen mit Sicherheit, daß die vom Sirius dahinterstecken. Außerdem haben wir meinen Freund, den Einsiedler.«

»Der wird uns nicht helfen«, sagte Conway. »Nach dem, was du uns von ihm erzählt hast, ist ihm nur daran gelegen, so wenig wie möglich mit den Piraten zu schaffen zu haben. Was soll er schon wissen?«

»Vielleicht ist er in der Lage, uns mehr zu verraten, als ihm selbst bewußt ist«, erwiderte Lucky kühl. »Es gibt zum Beispiel eine Information, die er uns geben kann, die es mir ermöglichen würde, die Piraten von innen weiterzubekämpfen.«

»Du wirst nicht wieder da rausgehen«, sagte Conway hastig.

»Das habe ich auch nicht vor«, antwortete Lucky.

Conway kniff die Augen zusammen und fragte: »Wo ist Bigman?«

»Auf Ceres. Mach' dir keine Sorgen. Eigentlich«, ein Schatten huschte über Luckys Gesicht, »sollte er längst hier sein. Die Verzögerung fängt an, mich ein wenig zu beunruhigen.«

*

John Bigman Jones benutzte seinen Sonderpaß, um an der Wache vor dem Tor zum Control-Turm vorbeizukommen. Während er im Laufschritt den Korridor entlangeilte, murmelte er vor sich hin.

Eine leichte Röte überspielte die Sommersprossen auf seinem stubsnäsigen Gesicht, und die rostfarbenen Haare standen ihm wie die Latten eines Gartenzaunes vom Kopf ab. Lucky hatte ihm schon des öfteren gesagt, daß er eine Turmfrisur züchte, um größer zu wirken. Bigman stritt das mit Entschiedenheit ab.

Als er durch die Lichtschranke trat, sprang die letzte Tür zum Turm auf. Er trat ein und schaute sich um. Drei Mann hatten Dienst. Der eine saß mit Kopfhörern am Sub-Äther-Empfänger, der zweite stand am Rechencomputer, und der dritte befand sich vor der gewölbten Radarscheibe.

Bigman sagte: »Wer von euch Dummbeuteln hat mich Winzling genannt?«

Mit überraschten und verärgerten Minen wandten sie sich gleichzeitig um.

Der Mann mit den Kopfhörern hielt das Gerät von seinem linken Ohr ab. »Wer, zum All, sind Sie? Wie konnten Sie überhaupt hereinkommen?«

Bigman stand aufrecht wie ein Zinnsoldat da und schob seinen kleinen Brustkasten vor. »Mein Name ist John Bigman Jones. Meine Freunde nennen mich Bigman. Alle anderen Mr. Jones. Winzling nennt mich niemand, ohne daß ihm irgend etwas passiert. Ich will wissen, wer diesen Fehler gemacht hat.«

Der Mann mit den Kopfhörern entgegnete: »Mein Name ist Lem Fisk, und Sie können mich nennen, wie Sie wollen, solange Sie es woanders tun und nicht hier. Verschwinden Sie, sonst komme ich herunter, pack' Sie an einem Bein und werf' Sie raus.«

Der Bursche am Rechencomputer sagte: »He, Lem, das ist dieser Knallkopp, der vorhin durch den Hafen gegeistert ist. Auf den Zeit zu verschwenden, ist völlig sinnlos. Laß die Wachen kommen, die sollen ihn hinauswerfen.«

»Quatsch«, antwortete Lem Fisk, »für den Kerl brauchen wir keine Wachen.«

Er legte die Kopfhörer ganz ab und stellte den Sub-Äther auf AUTOMATIC SIGNAL. »Na gut, Bürschchen, du bist hier hereingeschneit und hast uns auf nette Art eine nette Frage gestellt. Ich werde dir eine nette Antwort geben. Ich habe dich Winzling genannt, aber halt mal, dreh' nicht durch. Ich hatte meine Gründe. Du bist so ein Baum von einem Kerl. So ein Mordsbursche und dabei noch brandgefährlich. Meine Jungs hier fangen an zu lachen, wenn ich dich Winzling nenne.«

Er langte in seine Gesäßtasche und holte eine Plastikschachtel mit Zigaretten hervor. Das Lächeln auf seinem Gesicht war höflich.

»Komm' da runter«, schrie Bigman aufgebracht. »Komm hier runter und verteidige deinen Sinn für Humor mit den Fäusten.«

»Ganz schön wütend«, vermerkte Fisk und klickte dabei mit der Zunge. »Hier Junge, nimm' ne Zigarette. Extra lang, siehst du. Fast so lang wie du. Da könnte es natürlich ein Durcheinander geben, wenn ich es mir recht überlege. Wir werden nicht in der Lage sein, festzustellen, ob du die Zigarette oder die Zigarette dich raucht.«

Die beiden anderen brachen in Gelächter aus.

Bigmans Gesicht war hochrot. Die Worte kamen ihm nur schwer über die Lippen. »Du willst also nicht kämpfen?«

»Ich rauche lieber. Schade, daß du mir nicht dabei Gesellschaft leistest.« Fisk lehnte sich zurück, wählte eine Zigarette aus und hielt sie hoch, als würde er ihre weiße Schlankheit bewundern. »Schließlich kann ich mich nicht dazu durchringen, mit Kindern zu kämpfen.«

Er grinste, führte die Zigarette an die Lippen und stellte fest, daß sie sich um nichts schlossen.

Daumen, Zeige- und Mittelfinger standen einige Millimeter auseinander, aber die Zigarette befand sich nicht mehr zwischen ihnen.

»Paß' auf, Lem«, rief der Mann am Radarschirm, »er hat eine Nadelpistole.«

»Ist keine Nadelpistole«, knurrte Bigman, »nur ein einfacher Brummer.«

Zwischen beiden Waffen bestand ein erheblicher Unterschied. Ein Brummerprojektil sah zwar wie eine Nadel aus, war aber zerbrechlich und explodierte nicht. Man benutzte sie zum Scheibenschießen oder für die Kleinwildjagd. Traf das Geschoß auf die Haut eines Menschen, entstand kein ernsthafter Schaden, aber es tat höllisch weh.

Fisks Grinsen hatte sich in Nichts aufgelöst. Er schrie: »Paß auf, du verrückter Dummkopf. Damit kann man jemanden blind machen.«

Bigman hielt den Brummer weiter auf Fisk gerichtet. Die dünne Mündung der Waffe ragte zwischen den Fingern hervor. »Ich werde dich nicht blind schießen«, sagte er, »aber ich kann es so einrichten, daß du einen Monat lang nicht auf deinem Hintern sitzen kannst. Und wie du vielleicht bemerkt hast, ziele ich gar nicht mal so schlecht. Und du da«, rief er über die Schulter in Richtung zu dem Mann am Rechencomputer, »rührst dich nicht in Richtung Alarmanlage, sonst bekommst du eine Brummernadel durch die Hand.«

»Was willst du?« fragte Fisk.

»Komm herunter und kämpfe.«

»Gegen einen Brummer?«

»Den stecke ich ein. Nur mit den Fäusten, ein fairer Kampf. Deine Kumpel können aufpassen.«

»Ich kann niemanden schlagen, der kleiner ist als ich.«

»Dann hättest du mich auch nicht beleidigen sollen.« Bigman hob den Brummer. »Ich bin nicht kleiner als du. Vielleicht sehe ich nach außen so aus, aber innerlich bin ich genauso groß wie du; vielleicht sogar größer. Ich zähle bis drei.« Beim Zielen kniff er die Augen zusammen.

»Heilige Milchstraße!« fluchte Fisk. »Ich komme runter. Jungs, ihr könnt bezeugen, daß ich dazu gezwungen worden bin. Ich werde versuchen, den verrückten Idioten nicht zu sehr zu verletzen.«

Er sprang von seinem Hochsitz auf. Der Mann am Rechencomputer übernahm seinen Platz am Sub-Äther.

Fisk war einen Meter und sechsundsiebzig, zwanzig Zentimeter größer als Bigman, dessen Figur mehr die eines Knaben als die eines Mannes war. Aber Bigmans Muskeln waren wie Stahlfedern, und seine Körperbeherrschung war vollkommen. Ausdruckslos wartete er auf den Angriff.

Fisk machte sich nicht die Mühe, sich zu decken. Er strecke einfach seine rechte Hand vor, ganz so, als wolle er Bigman am Kragen fassen und durch die noch offenstehende Tür werfen.

Bigman tauchte unter dem Arm durch. Seine Linke und Rechte klatschte mit schnellen Eins-zwei Kombinationen gegen den Solarplexus des anderen, dabei tanzte er fast im gleichen Atemzug wieder außer Reichweite.

Fisk wurde grün im Gesicht und setzte sich auf den Boden, dabei hielt er sich den Magen und stöhnte.

»Steh' auf, Großer«, sagte Bigman. »Ich warte auf dich.«

Durch den plötzlichen Wandel der Ereignisse

schienen die beiden anderen Männer zu Säulen erstarrt zu sein.

Fisk kam langsam auf die Beine. Sein Gesicht glühte vor Haß, aber diesmal näherte er sich langsamer.

Bigman wich zurück.

Fisk stürzte sich auf ihn! Er verfehlte Bigman um fünf Zentimeter, Fisk schoß eine gefährliche Rechte ab. Einen Zentimeter vor Bigmans Kinn war Ende.

Bigman tanzte vor seiner Nase hin und her wie ein Korken im wildbewegten Wasser. Ab und an kam ein Arm hoch, um einen Hieb abzufälschen.

Mit unzusammenhängendem Gebrüll stürzte sich Fisk auf seinen, einer Stechmücke gleichenden Gegner. Bigman machte einen Schritt zur Seite und versetzte dem glattrasierten Gesicht seines Gegenübers eine schallende Ohrfeige. Das hörte sich an, als würde ein Meteor die obersten dichteren Luftschichten über einem Planeten treffen. Die Spuren von vier Fingern zeichneten sich rot auf Fisks Wange ab.

Einen Augenblick lang stand Fisk wie benommen da. Wie eine zuschnappende Schlange ging Bigman in den Mann, beide Fäuste kamen hoch und krachten gegen Fisks Kinnlade. Fisk krümmte sich zusammen.

Bigman wurde sich plötzlich des anhaltenden Heulens der Alarmsirene in der Ferne bewußt.

Ohne auch nur eine Sekunde zu zögern, machte er auf dem Absatz kehrt und verschwand durch die Tür. Er schlängelte sich an drei völlig überraschten Wachen vorbei, die geräuschvoll den Korridor heraufpolterten, und weg war er!

*

»Und warum«, erkundigte sich Conway, »warten wir auf Bigman?«

Lucky sagte: »Also, ich sehe die Sache folgendermaßen: Was wir am dringendsten brauchen, sind weitere Informationen über die Piraten. Ich meine damit Insiderinformationen. Ich habe das versucht, aber es ist nicht alles so gelaufen, wie ich es mir erhofft hatte. Ich bin jetzt bekannt wie ein bunter Hund. Bigman hingegen kennen sie nicht. Er steht nicht offiziell mit dem Wissenschaftsrat in Verbindung. Mein Vorschlag lautet deswegen folgendermaßen: wir könnten ihm ein Vergehen anhängen, muß natürlich echt wirken, versteht ihr, er macht sich dann mit dem Schiff des Einsiedlers in Richtung Ceres aus dem Staub ...«

»Ach, beim All«, stieß Conway gequält aus.

»Halt, hör' doch erst mal zu! Er kehrt also zum Asteroiden des Einsiedlers zurück. Falls die Piraten dort sind, um so besser! Falls nicht, wird er die Rakete gut sichtbar stehen lassen und drinnen auf sie warten. Es ist ein bequemer Platz zum Warten.«

»Und wenn sie aufkreuzen« spann Henree den Faden weiter, »werden sie ihn abknallen.«

»Das werden sie nicht tun. Deshalb nimmt er doch das Schiff des Einsiedlers. Sie müssen einfach herausbekommen, wo Hansen hin ist, von mir gar nicht zu reden. Sie müssen herausfinden, wo Bigman herkommt und wie er an das Schiff gelangt ist. Sie müssen das einfach wissen. Dadurch gewinnt er Zeit, um zu reden.«

»Etwa um zu erklären, wie er gerade Hansens Felsen unter all den anderen herausgepickt hat. Da müßte er sich einiges einfallen lassen.«

»Gar nichts müßte er sich einfallen lassen. Das Schiff des Einsiedlers war auf Ceres, was ja stimmt. Ich habe es so eingerichtet, daß es da draußen unbewacht steht, also können wir es kapern. Im Logbuch wird er die Raum-Zeit-Koordinatoren vom Heimatasteroiden des Schiffes finden. Für ihn wäre das nur irgendein Asteroid wie jeder andere, und er würde haste-was-kannste loszischen, bis sich auf Ceres die Gemüter wieder beruhigt haben.«

»Trotzdem, es ist riskant«, grummelte Conway.

»Das weiß Bigman. Und ich will euch mal was sagen, es ist an der Zeit, Risiken einzugehen. Die Erde unterschätzt die Piratengefahr derartig, daß ...«

Er unterbrach seinen Redefluß, als er den Kommunikator blinken sah.

Mit einer ungeduldigen Handbewegung schaltete Conway den Codeentschlüsseler auf Betrieb und straffte sich plötzlich.

»Councilwellenlänge, und – eisige Ceres –, obendrein auch noch der Zerhackercode des Rates«, sagte er.

Die kleine Sichtscheibe oberhalb des Kommunikators zeigte die charakteristischen schnellen Veränderungen des Hell-dunkel-Lichtmusters.

Conway schob einen Metallstreifen, den er aus einem ganzen Bund in seiner Brieftasche ausgewählt hatte, in einen schmalen, in den Kommunikator eingelassenen Schlitz. Der Streifen diente als Entschlüssler. Der wichtigste Teil des Instrumentes bestand aus einem bestimmten Muster kleiner Tungstenkristalle, die in eine Aluminiummatrix eingebettet waren. Dadurch wurden sie Sub-Äther Signale auf eine bestimmte Art und Weise gefiltert. Conway justierte langsam den Entschlüssler, schob ihn tiefer hinein und zog ihn wieder heraus, bis er exakt dem Zerhakker am anderen Ende des Signals entsprach, der in seinem Aufbau ähnlich, aber in seiner Funktion genau entgegengesetzt war.

Der Augenblick der völligen Angleichung wurde

durch ein plötzliches Scharfwerden des Bildes auf dem Sichtschirm angekündigt.

Lucky richtete sich halb auf. »Bigman!« entfuhr es ihm. »Wo beim All steckst du?«

Bigmans kleines Gesicht grinste sie schelmisch aus der Ferne an. »Ich bin im Schiff des Einsiedlers, versteht sich. Hundertausend Meilen von Ceres weg.«

Conway flüsterte außer sich vor Wut: »Ist das schon wieder einer von deinen Tricks? Ich dachte, du hast gesagt, er sei auf Ceres?

»Das dachte ich auch«, erwiderte Lucky. »Was ist geschehen, Bigman?«

»Du hast gesagt, daß wir uns ranhalten müßten, da hab' ich die Angelegenheit mal selbst in die Hand genommen. Einer von den Schlaumeiern im Tower hat mir einen vom Pferd erzählt, da hab' ich ihn ein wenig verdroschen und bin gestartet«. Er lachte. »Ruf' mal in der Wachstube an und erkundige dich, ob die da nach einem Typ suchen, dem man vorsätzliche Körperverletzung vorwirft.«

»Das war nicht gerade ein Geistesblitz von dir«, sagte Lucky ernst. »Du wirst dich schwertun, die Männer der Asteroiden davon zu überzeugen, daß du der gewalttätige Typ bist. Ich will deine Gefühle nicht verletzten, aber dafür bist du etwas klein geraten.«

»Ich leg' einfach ein paar von ihnen auf die Bretter«, gab Bigman zurück. »Sie werden es mir schon abkaufen. Aber deswegen habe ich mich nicht gemeldet.«

»Ja, aber warum dann?«

»Wie komme ich zu dem Asteroiden von dem Kerl?«

Lucky runzelte die Stirn. »Hast du im Logbuch nachgesehen?«

»Heilige Milchstraße! Ich hab' überall gesucht. Sogar unter der Matratze, wenn du es genau wissen willst. Hier gibt es nicht die Spur von Unterlagen über irgendwelche Koordinaten.«

Der Ausdruck von Unbehagen auf Luckys Gesicht verstärkte sich noch um einige Grade. »Das ist seltsam. Das ist sogar mehr als seltsam. Hör' mal zu, Bigman«, seine Worte klangen schnell und bestimmt, »gleiche deine Geschwindigkeit der von Ceres an. Gib' mir jetzt sofort deine Koordinaten zu Ceres und behalte sie bei, komme was da wolle. Ich rufe dich wieder zurück. Du stehst zu nahe bei Ceres, als daß dich ein Pirat angreifen würde, falls du aber weiter hinaustreibst, könntest du in böse Schwierigkeiten geraten. Hast du mich verstanden?«

»Roger. Hab' verstanden. Laß' mich nur eben meine Koordinaten ausrechnen.«

Lucky notierte sie und brach die Verbindung ab. »Beim All«, entfuhr es ihm, »wann werde ich endlich lernen, nichts als gegeben anzunehmen.«

»Wäre es nicht besser, du würdest Bigman zurückbeordern?« sagte Henree. »Die ganze Sache ist bestenfalls ein unausgegorener Plan, gib' die Sache auf, jedenfalls solange du die Koordinaten nicht hast.«

»Aufgeben?« fragte Lucky ungläubig. »Den einen Asteroiden, von dem wir wissen, daß er eine Piratenbase ist, aufgeben? Kennst du noch einen anderen? Nur einen einzigen? Wir müssen diesen Asteroiden einfach finden. Das ist unsere einzige Spur, die uns an die Piraten heranbringt.«

Conway meldete sich zu Wort: »Gus, an dem, was er da sagt, ist etwas dran. Es handelt sich um eine Base.«

Lucky spielte an einer Wählscheibe des Intercoms und wartete.

»Hallo, Hallo«, ließ sich Hansens schlaftrunkene, aber nichtdestotrotz überraschte Stimme vernehmen.

»Lucky Starr an der Leitung, Mr. Hansen«, meldete sich Lucky munter. »Tut mir leid, daß ich Sie stören muß, aber mir wäre es lieb, wenn Sie so schnell wie möglich hier in Dr. Conways Zimmer kommen könnten.«

Der Einsiedler antwortete nicht sofort. »Selbstverständlich, aber ich kenne den Weg nicht.«

»Die Wache vor Ihrer Tür wird Sie hierherbegleiten. Ich setze mich mit dem Mann in Verbindung. Können Sie in zwei Minuten hier sein?«

»In zweieinhalb ließe es sich machen«, gab Hansen gutgelaunt zurück. Seine Stimme klang jetzt wacher.

»Fein!«

Hansen hielt sein Versprechen. Lucky wartete schon auf ihn.

Lucky nahm sich einen Augenblick Zeit, während er die Tür aufhielt. An den Wachposten gewandt, sagte er: »Hat es hier auf der Base einen Zwischenfall gegeben, früher am Abend, meine ich? Einen Überfall vielleicht?«

Der Wachmann machte ein überraschtes Gesicht. »Jawohl, Sir. Aber der verletzte Mann hat sich geweigert, Anzeige zu erstatten. Behauptet, es habe sich um einen fairen Kampf gehandelt.«

Lucky zog die Tür zu. »Das war naheliegend. Jeder normale Mensch würde es sich dreimal überlegen, ehe er auf eine Wachstube geht und zugeben müßte, daß ein Bursche von Bigmans Größe ihm eine Tracht Prügel verabreicht hatte. Ich werde später bei der zuständigen Stelle anrufen und die Vorwürfe trotzdem schriftlich festhalten lassen. Fürs Archiv ... Mr. Hansen.«

»Ja, Mr. Starr?«

»Ich hätte gerne eine Frage beantwortet, möchte aber nicht, daß alles über das Intercom geht. Sagen Sie, wie lauten die Koordinaten Ihres Asteroiden. Natürlich beide Angaben, Standard und Abweichung.«

Hansen starrte ihn an, und seine porzellanblauen Augen wurden rund. »Nun, vielleicht fällt es Ihnen schwer, es zu glauben, wissen Sie, aber ich bin nicht in der Lage, sie Ihnen zu geben.«

IX
DER ASTEROID, DEN ES NICHT GAB

Lucky sah im direkt in die Augen. »Es ist schwer zu glauben, Mr. Hansen. Man sollte annehmen, daß Sie ihre Koordinaten genauso gut kennen, wie jeder Planetenbewohner seine Postanschrift weiß.«

Der Einsiedler sah auf seine Fußspitzen hinab und erwiderte sanft: »Sie haben wohl recht. Es handelt sich ja wirklich um meine Wohnadresse. Trotzdem weiß ich sie nicht.«

Conway meldete sich zu Wort. »Falls dieser Mann absichtlich ...«

Lucky unterbrach ihn. »Warte mal, wir wollen uns in Geduld fassen, wenn es sein muß. Mr. Hansen muß einfach eine Erklärung dafür haben.«

Sie warteten alle darauf, daß der Einsiedler sich äußerte.

Die Koodinaten der verschiedenen Himmelskörper im Milchstraßensystem stellten das A und O der Weltraumfahrt da. Sie erfüllten die gleichen Aufgaben wie Längen- und Breitengrade auf der zweidimensionalen Oberfläche eines Planeten. Da das All aber dreidimensional ist und die Himmelskörper sich in ihm auf jede nur erdenkliche Art und Weise bewegen, sind die notwendigen Koordinaten viel komplizierter.

Grundsätzlich gibt es eine Standard-Null-Position. Im Falle des Solarsystems, war die Sonne gewöhnlich *der* Standard. Von diesem Standard ausgehend, sind drei Zahlen notwendig. Die erste Zahl gibt die Entfernung eines Objektes oder einer Position im Weltraum zur Sonne an. Die zweite und dritte Ziffer sind Winkelmessungen, die den Standort eines Objektes, bezogen auf eine gedachte Linie, die die Sonne mit dem Zentrum der Milchstraße verbindet, bezeichnen. Wenn nun drei solcher Koordinatensätze für drei verschiedene Zeiten, die weit genug auseinanderliegen müssen, bekannt sind, kann man die Umlaufbahn eines bewegten Körpers berechnen, und seine Position im Verhältnis zur Sonne ist jederzeit bekannt.

Schiffe konnten ihre eigenen Koordinaten zur Sonne selbst berechnen, oder falls das bequemer war, zum nächstgelegenen großen Himmelskörper, das blieb sich gleich. Bei der Lunaroute zum Beispiel, auf der Schiffe von der Erde zum Mond und wieder zurück reisten, war die Erde üblicherweise der ›Nullpunkt‹. Die Koordinaten der Sonne selbst konnte man berechnen, indem man sie in ein Verhältnis zum Zentrum der Milchstraße und dem galaktischen Großmeridian setzte. Aber das war nur für die Reise von Fixstern zu Fixstern von Bedeutung.

Einiges davon war dem Einsiedler möglicherweise durch den Kopf gegangen, als er nun dort mit den drei Ratsmitgliedern zusammensaß, die ihn aufmerksam musterten. Es war schwer zu sagen.

»Ja, ich kann es erklären«, sagte Hansen plötzlich.

»Wir warten«, antwortete Lucky.

»Ich habe die Koordinaten seit fünfzehn Jahren nicht mehr gebraucht. Seit zwei Jahren habe ich meinen Asteroiden überhaupt nicht verlassen, und bei den Ausflügen, die ich davor gemacht habe, einen oder zwei pro Jahr vielleicht, handelte es sich um kurze Stippvisiten auf Ceres oder Vesta, um Verpflegung zu besorgen. Dann habe ich immer Koordinaten benutzt, die ich für die betreffende Zeitspanne berechnet habe. Eine Tabelle habe ich nie erstellt, dazu bestand kein Anlaß.

Ich war ja höchstens einen oder zwei Tage weg, drei, wenn es hochkam, und in der kurzen Zeit würde mein Felsen nicht weit abtreiben. Er schwimmt im Strom mit, wenn er weit von der Sonne entfernt ist, bewegt er sich etwas langsamer als Ceres und Vesta, wenn die Sonne nähersteht, ein wenig schneller. Kehrte ich dann zu der berechneten Position zurück, so war mein Felsen vielleicht zehntausend oder vielleicht sogar hunderttausend Meilen von seinem ursprünglichen Standort weggetrieben, aber das ist immer noch nahe genug, um ihn mit dem Schiffsteleskop orten zu können. Dann konnte ich den Kurs nach Augenmaß korrigieren. Solar-Standardkoordinaten habe ich einfach nie benutzt, es bestand keine Veranlassung dazu, das ist alles.«

»Sie behaupten also«, konstatierte Lucky, »daß Sie nicht in der Lage sind, jetzt sofort den Weg zu Ihrem Brocken zu finden. Oder haben Sie die Standkoordinaten vor dem Abflug berechnet?«

»Daran habe ich nicht einen Augenblick lang gedacht«, meinte der Einsiedler traurig. »Es ist schon so lange her, seit ich ihn zum letzten Mal verlassen habe, daß ich der Angelegenheit keine Beachtung geschenkt habe. Jedenfalls nicht solange, bis Sie mich hierher zititert haben.«

Aus Dr. Henrees Ecke kam es: »Halt, halt.« Er hatte sich eine neue Pfeife gestopft und zog kräftig daran.

»Ich könnte mich irren, Mr. Hansen, aber als Sie damals Ihr Besitzrecht an dem Asteroiden geltend gemacht haben, mußten Sie Ihren Anspruch doch beim Terrestrischen Amt für die Außenwelt schriftlich niederlegen, ist das richtig?«

»Ja, aber das war eine reine Formalität.«

»Das mag schon sein, will ich gar nicht bestreiten. Aber dennoch wären die Koordinaten Ihres Asteroiden in den Akten vermerkt.«

Hansen dachte einen Augenblick lang nach, dann schüttelte er den Kopf. »Ich fürchte nicht, Dr. Henree. Man hat nur die Standardkoordinate für den ersten Januar des betreffenden Jahres genommen. Das geschah nur, um den Asteroiden wie mit einer Codenummer zu versehen, für den Fall, daß die Eigentumsrechte umstritten sind. Darüber hinaus hatten sie keinerlei Interesse an der Sache, und mit nur einer Zahlenkombination kann man keine Umlaufbahn berechnen.«

»Aber Sie selbst mußten doch Umlaufwerte gehabt haben. Lucky hier hat uns erzählt, Sie hätten den Asteroiden anfangs als Aufenthaltsort für Ihren Jahresurlaub benutzt. Deshalb müssen Sie doch in der Lage gewesen sein, ihn Jahr für Jahr wiederzufinden.«

»Das war vor fünfzehn Jahren, Dr. Henree. Ich hatte die Werte, ja, und diese Werte befinden sich nun in meinen Unterlagen auf dem Felsen, im Kopf habe ich sie nicht.«

Luckys braune Augen waren noch dunkler geworden. »Das wäre im Augenblick alles, Mr. Hansen. Die Wache wird Sie in Ihr Zimmer zurückbringen und wir werden Sie wissen lassen, wann wir Sie wieder brauchen. Und, Mr. Hansen«, fügte er hinzu, als der Einsiedler im Begriff stand sich zu erheben, »falls

Ihnen die Koordinaten zufällig einfallen sollten, dann geben Sie uns bitte Bescheid.«

»Darauf gebe ich Ihnen mein Ehrenwort, Mr. Starr«, antwortete Hansen ernst.

Die drei waren wieder allein. Luckys Hand zuckte in Richtung des Kommunikators. »Stellen Sie mir eine Verbindung her«, befahl er.

Die Stimme des Mannes in der Zentralvermittlung antwortete ihm. »War die Nachricht eben für Sie, Sir? Ich konnte sie nicht entschlüsseln, deswegen dachte ich ...«

»Gut gemacht. Leitung bitte.«

Lucky stellte den Zerhacker an und benutzte Bigmans Koordinaten um den Sub-Ätherstrahl ins Ziel zu lenken.

»Bigman«, sagte er, als das Gesicht des anderen erschien, »schlag' noch einmal das Logbuch auf.«

»Hast du die Koordinaten, Lucky?«

»Noch nicht. Hast du das Log vor dir liegen?«

»Ja.«

»Kannst du irgendwo einen Schmierzettel entdekken? Ein loses Blatt, auf dem Berechnungen stehen?«

»Warte mal. Ja, hier ist es.«

»Halte den Zettel vor den Bildschirm, ich will ihn mir einmal ansehen.«

Lucky zog ein leeres Blatt zu sich herüber und schrieb die Zahlen nieder. »In Ordnung, Bigman, nimm's wieder weg. Bleib', wo du bist, hörst du. Hast du mich verstanden? Bleib' wo du bist, bis du wieder von mir hörst, ganz gleich, was auch passiert. Ende.«

Er wandte sich den beiden älteren Männern zu. »Ich habe das Schiff nach Augenmaß vom Felsen des Einsiedlers bis zum Ceres geführt. Drei oder viermal habe ich Kurskorrekturen vorgenommen, dabei habe ich das Schiffsteleskop und die Noniuseinrichtungen zur Beobachtung und für die Berechnungen benutzt. Hier sind sie.«

Conway nickte. »Ich nehme an, du willst jetzt zurückrechnen, um die Koordinaten des Asteroiden herauszubekommen.«

»Das geht ganz leicht, besonders wenn wir das Ceresobservatorium zu Hilfe nehmen.«

Conway erhob sich schwerfällig. »Ich kann mir nicht helfen, du machst für meinen Geschmack zu viel davon her, aber ich will deiner Spürnase noch eine Weile folgen. Los, gehen wir ins Observatorium.«

*

Über Korridore und mit Hilfe von Fahrstühlen gelangten sie in die Nähe der Ceresoberfläche, eine halbe Meile über den Büros des Wissenschaftsrates auf diesem Asteroiden. Es war kühl hier, aber schließlich gaben sich die Leute vom Observatorium alle erdenkliche Mühe, die Temperatur so konstant wie möglich zu halten und der Oberflächentemperatur soweit anzugleichen, wie dem menschlichen Körper gerade noch zuzumuten war.

Langsam und mit Bedacht entschlüsselte ein blutjunger Techniker Luckys Berechnungen, indem er sie in einen Computer einspeiste und den Vorgang dabei die ganze Zeit über kontrollierte.

Dr. Henree saß auf einem nicht sonderlich bequemen Stuhl, sein dürrer Körper war in sich zusammengekauert. Er schien Wärme aus seiner Pfeife beziehen zu wollen, denn seine großknochigen Hände schwebten nahe über dem Pfeifenkopf.

»Ich hoffe, daß etwas dabei herausschaut«, ließ er sich vernehmen.

»Das will ich stark hoffen«, antwortete Lucky. Er lehnte sich in seinen Sessel zurück und hielt den Blick gedankenverloren auf die gegenüberliegende Wand gerichtet. »Sieh' mal, Onkel Hector, vorhin hast du etwas über meine ›Spürnase‹ gesagt. Mit Spürnase hat das nichts zu tun, inzwischen nicht mehr. Diese Piratenvorkommnisse unterscheiden sich gänzlich von denen vor fünfundzwanzig Jahren.«

»Ihre Schiffe sind nicht mehr so leicht abzufangen oder aufzuhalten, wenn du das meinst«, bemerkte Conway.

»Stimmt, aber deswegen ist es doch um so merkwürdiger, daß sie ihre Aktivitäten auf den Asteroidengürtel beschränken, oder etwa nicht?« gab Lucky zurück. »Der Handelsverkehr wird nur hier zwischen den Asteroiden unterbrochen.«

»Sie sind einfach nur vorsichtig. Vor fünfundzwanzig Jahren, als ihre Schiffe bis zur Venus vorgestoßen sind, waren wir gezwungen, eine Offensive zu starten und sie zu vernichten. Jetzt halten sie sich an die Asteroiden, und die Regierung überlegt es sich dreimal, bevor sie zu kostspieligen Maßnahmen greift.«

»Soweit, so gut«, sagte Lucky, »aber wie versorgen sie sich? Man ist immer davon ausgegangen, daß Piraten Überfälle nicht aus Spaß an der Freude unternehmen, sondern um an Schiffe, Lebensmittel, Wasser und Versorgungsgüter zu kommen. Man sollte annehmen, daß sie heutzutage mehr denn je darauf angewiesen sein müßten. Captain Anton hat sich mir gegenüber mit Hunderten von Schiffen und Tausenden von Welten gebrüstet. Vielleicht war das nur eine Lüge, um mich zu beeindrucken, aber er hat sich für das Stoßpistolenduell Zeit gelassen. Wir sind stundenlang im offenen Raum getrieben, als hätte er überhaupt keine Angst, daß von Regierungsseite eingegriffen werden könnte. Und Hansen hat gesagt, daß die Piraten sich der verschiedenen Einsiedlerwelten versichert haben und sie als Zwischenstationen benutzen. Wenn die Piraten mit allen oder wenigstens mit einem Großteil der Einsiedler Kontakt haben, setzt das eine große Organisation voraus.

Wo bekommen sie also die Vorräte her, um eine große Organisation zu unterhalten, und gleichzeitig begehen sie trotzdem weniger Überfälle als ihre Vorgänger vor fünfundzwanzig Jahren? Und ein Mitglied der Piratenmannschaft, dieser Martin Maniu, hat mir etwas über Ehefrauen und Familien erzählt. Er habe mit Zuchtkesseln zu tun, sagte er. Wahrscheinlich baut er Hefe an. Hansen hatte auf seinem Asteroiden Hefenahrung, und die stammte nicht von der Venus, *den* Geschmack kenne ich.

Wir wollen doch mal eins und eins zusammenzählen: Sie bauen ihren Nahrungsbedarf auf kleinen, in Asteroidenhöhlen verteilten Hefefarmen an. Kohlendioxyd gewinnen sie direkt aus Kalksteinfelsen, Wasser und Sauerstoff holen sie sich von den Jupitermonden. Maschinen und Antriebsaggregate werden vielleicht vom Sirius importiert oder bei gelegentlichen Überfällen erbeutet. Durch die Überfälle kommen sie an neue Rekruten, Männer wie Frauen.

Es läuft darauf hinaus, daß der Sirius hier eine von uns unabhängige Staatsmacht aufbaut. Man bedient sich unzufriedener Menschen, um eine weitverzweigte Gesellschaft aufzubauen, die wir nur schwer oder überhaupt nicht überwältigen können, falls wir zu lange damit zögern. Die Anführer, die Captain Antons, sind vor allem auf Macht aus und wären es durchaus zufrieden, den Siriern eine Hälfte des terrestrischen Imperiums zu überlassen, solange sie nur die andere behalten könnten.«

Conway schüttelte zweifelnd den Kopf. »Für die wenigen Informationen, die wir haben, ist das ein verdammt großes Sittengemälde. Ob wir die Regierung davon überzeugen können, möchte ich stark bezweifeln. Der Wissenschaftsrat kann nur bis zu einem gewissen Punkt selbständig handeln, weißt du. Leider verfügen wir nicht über eine eigene Flotte.«

»Das ist mir bekannt. Und genau deswegen brauchen wir mehr Informationen. Was wäre, wenn wir, während das Spiel gerade erst begonnen hat, ihre Hauptbasen aufspüren, ihre Anführer gefangennehmen, ihre Verbindungen zum Sirius aufdecken.«

»Nun, was dann?«

»Also, ich bin der Überzeugung, daß die Organisation dann erledigt wäre. Ich bin überzeugt, daß der durchschnittliche ›Mann von den Asteroiden‹, um mal ihre eigene Bezeichnung zu verwenden, keinen Schimmer davon hat, daß er zu einer Sirusmarionette gemacht werden soll. Wahrscheinlich hat er nur etwas gegen die Erde. Vielleicht ist er davon überzeugt, daß er schlechte Karten hatte, vielleicht ist er sauer, weil er keinen Job oder nicht die entsprechende Beförderung bekommen hat, kurzum, er ist möglicherweise zu der Ansicht gelangt, daß er nicht so gut vorangekommen ist, wie er sollte. Möglicherweise ist er von dem, was er für ein aufregendes Leben gehalten hat, angezogen worden. Vielleicht kommt das alles zusammen. Und dennoch kann man daraus nicht schließen, daß so ein Mann bereit wäre, sich auf die Seite der ärgsten Feinde der Erde zu schlagen. Wenn er dahinterkommt, daß seine Anführer ihn genau dazu mißbrauchen, wird sich die Piratenbedrohung in Luft auflösen.«

Lucky unterbrach sein eindringliches Flüstern, als der Techniker näherkam. Der Mann hielt ein durchsichtiges Band in der Hand, auf dem der Computerschlüssel eingestanzt war.

»Hören Sie mal, sind Sie sicher, daß die Zahlen, die Sie mir gegeben haben, auch richtig sind?«

»Ganz sicher, warum?« erwiderte Lucky.

Der Techniker schüttelte den Kopf. »Etwas stimmt da nicht. Die Schlußkoodinaten befördern Ihren Brocken in die verbotene Zone, die richtige Flugbahn schon eingerechnet. Es ist unmöglich, verstehen Sie.«

Luckys Augenbrauen fuhren in die Höhe. Was die verbotene Zone anging, so hatte der Mann sicher recht. Dort befand sich bestimmt kein Asteroid. Diese Zonen stellten Teile des Asteroidengürtels dar, in den Asteroiden, falls es sie gegeben hätte, Sonnenumlaufzeiten hätten, die einem geraden Bruchteil von Jupiters zwölfjähriger Umlaufbahn entsprachen. Das hätte zur Folge, daß Jupiter und der betreffende Asteroid sich alle paar Jahre um den gleichen Bruchteil im All nähergekommen wären. Die Anziehungskraft des Jupiters würde den Asteroiden langsam aber sicher aus der Zone herausholen. Im Verlaufe der zwei Milliarden Jahre, die seit der Entstehung des Planeten vergangen waren, hatte Jupiter alle Asteroiden aus den verbotenen Zonen gezogen.

»Sind Sie sicher, daß Ihre Berechnungen stimmen?« wollte Lucky wissen.

Der Techniker zuckte die Achseln, als wolle er sagen »Ich verstehe mein Handwerk.« Und meinte nur: »Wir können es mit dem Teleskop nachprüfen. Das Zweitausendfünfhunderter ist gerade besetzt, aber es eignet sich für Nahbetrachtungen sowieso nicht. Wir nehmen eins der kleineren. Würden Sie bitte mitkommen?«

Das eigentliche Observatorium war wie ein Heiligtum, in dem die Teleskope als Altäre fungierten. Männer waren in ihre Arbeit vertieft und unterbrachen ihre Tätigkeit auch nicht für einen Moment, als der Techniker und die drei Ratsmitglieder eintraten.

Der Techniker führte sie zu einem der Flügel, in die der riesige höhlenartige Raum unterteilt war.

»Charlie«, sagte er, an einen früh kahl werdenden jungen Mann gewandt, »kannst du mal eben Bertha anwerfen?«

»Wozu denn?« Charlie schaute von einer Reihe sternenübersäter Photos auf, über die er bisher gebeugt gewesen war.

»Ich will eine Stelle mit diesen Koordinaten hier überprüfen.« Er hielt das Computerband hoch.

Charlie betrachtete den Streifen flüchtig und runzelte die Stirn. »Wozu denn? Das liegt in den verbotenen Zonen.«

»Würdest du das Teleskop bitte trotzdem einmal darauf einstellen?« erkundigte sich der Techniker. »Es handelt sich um eine Angelegenheit des Wissenschaftsrats.«

»Ach? Ja, natürlich, sofort.« Plötzlich war er bedeutend zuvorkommender. »Es dauert nicht lange.«

Er legte einen Schalter um, und eine flexible Membran hoch oben wölbte sich nach innen und schloß sich saugend um »Berthas« Zylinder. Es handelte sich um ein Dreihundert-Zentimeter-Teleskop, wie es für Nahbeobachtungen benutzt wurde. Die Membran bildete einen luftdichten Abschluß, und darüber konnte Lucky das sanfte Schnurren der sich öffnenden Außenschleuse vernehmen. Fest mit der Membran verbunden, zeigte Berthas großes Auge, nun mehr dem Firmament ausgesetzt, nach oben.

»In der Hauptsache«, erklärte Charlie, »verwenden wir Bertha für Fotografien. Für vernünftige direkte

Beobachtungen dreht sich Ceres zu schnell. Wir haben Glück, der Punkt, für den Sie sich interessieren, befindet sich über der Kimm.«

Er nahm seinen Platz in der Nähe des Okulars ein, wobei er auf dem Teleskopschaft ritt, als handele es sich um den steifen Rüssel eines riesigen Elefanten. Das Teleskop stand in einem niedrigen Winkel, den der junge Astronom nun beträchtlich erhöhte. Sorgfältig justierte er die Schärfeneinstellung.

Man sah nur schwarze Leere.

Er hievte sich aus seinem Hochsitz und kletterte die Sprossenleiter herab. Auf seinen Fingerdruck hin öffnete sich eine Trennwand direkt unterhalb des Teleskopes, die den Blick auf eine schwarz gesäumte Grube freigab. Dorthinein konnte man eine Reihe von Spiegeln von Linsen richten, die das teleskopische Abbild scharfstellten und vergrößerten.

Man sah nur schwarzen Himmel.

»Das wär's«, sagte Charlie. Er benutzte eine Meßlatte als Zeigestock. »Der kleine Fleck da ist Metis, ein ziemlich großer Brocken. Der Durchmesser beträgt ungefähr 40 Kilometer, er ist aber Millionen von Kilometern entfernt. Hier können Sie einige Fleckchen sehen, die sich weniger als eine Million Kilometer von der Stelle entfernt befinden, an der Sie interessiert sind, aber sie liegen alle auf der gleichen Seite, jenseits der verbotenen Zonen. Die Sterne haben wir mittels Phasenpolarisation abgedeckt, sie würden sonst nur Verwirrung stiften.«

»Ich danke Ihnen«, sagte Lucky. Er schien betroffen.

»Nichts zu danken. Stehe Ihnen immer gerne zur Verfügung.«

*

Sie befanden sich bereits wieder im Fahrstuhl nach unten, als Lucky wieder etwas sagte. »Das kann einfach nicht wahr sein«, meinte er wie abwesend.

»Warum nicht?« antwortete Henree. »Deine Zahlen waren falsch.«

»Wie sollten sie? Ich bin doch auf Ceres gelandet.«

»Es könnte sein, daß du eine Zahl gemeint und aus Versehen eine andere geschrieben und dann die Kurskorrektur nach Augenmaß vorgenommen hast, ohne es auf dem Blatt zu verbessern.«

Lucky schüttelte den Kopf. »Das wäre mir nie passiert. Ich kann es … wartet mal. Heilige Milchstraße!« Er sah ihnen mit funkelnden Augen ins Gesicht.

»Was ist los, Lucky?«

»Es paßt zusammen! Beim All, es paßt genau! Wißt ihr, ich habe mich tatsächlich geirrt. Das Spiel hat nicht erst eben begonnen, es ist schon verdammt lange in Gang. Vielleicht ist es schon zu spät. Ich habe sie schon wieder unterschätzt.«

Der Fahrstuhl war im richtigen Stockwerk zum Halten gekommen. Die Schiebetür öffnete sich, und Lucky war mit schnellen Schritten draußen.

Conway eilte ihm hinterher, bekam seinen Ellenbogen zu fassen und wirbelte ihn herum. »Wovon redest du da eigentlich?«

»Ich fliege los. Denk' erst gar nicht daran, mich aufhalten zu wollen. Und falls ich nicht wiederkomme, zwing' die Regierung um der Erde willen dazu, großangelegte Sicherheitsvorkehrungen in die Wege zu leiten. Andernfalls könnten die Piraten innerhalb eines Jahres das gesamte Sonnensystem in ihrer Gewalt haben. Vielleicht sogar noch früher.«

»Warum?« fragte Conway aufgebracht. »Etwa weil du einen Asteroiden nicht hast lokalisieren können?«

»Genau.«

X
DER ASTEROID, DEN ES GAB

Bigman hatte Conway und Henree an Bord von Luckys eigenem Schiff, der *Shooting Starr*, nach Ceres gebracht, ein Umstand, für den Lucky jetzt dankbar war. Das bedeutete, daß er mit ihr in den Weltraum starten, ihr Deck unter den Füßen, ihre Steueraggregate in Händen halten konnte.

Die *Shooting Starr* war ein zweisitziger Kreuzer, im Verlauf des Jahres nach Luckys Abenteuern unter den Farmboys auf dem Mars gebaut. Die äußere Erscheinung war so irreführend, wie es die moderne Wissenschaft bewerkstelligen konnte. Ihrer eleganten Linienführung nach zu schließen, erweckte sie fast den Eindruck einer Raumyacht, und in ihrer Gesamtlänge übertraf sie Hansens kleinen Kahn bestenfalls um das Doppelte. Kein Weltraumreisender würde in ihr etwas anderes gesehen haben als das Spielzeug eines reichen Mannes, schnell vielleicht, aber mit einer dünnen Außenhaut versehen, die harten Schlägen nicht gewachsen war. Gewiß handelte es sich dabei nicht um die Art von Fahrzeug, mit dem man sich in die gefährliche Nähe des Asteroidengürtels wagen würde.

Nahm man jedoch das Innere des Schiffes einmal genauer in Augenschein, wäre man möglicherweise zu einem etwas anderem Schluß gelangt. Die glitzernden hyperatomaren Motoren waren denen eines gepanzerten Weltraumkreuzers mit dem zehnfachen Gewicht der *Shooting Starr* ebenbürtig. Ihre Energiereserven waren enorm, und die Leistungsfähigkeit des Hysteresschutzschirms reichte aus, um selbst die großkalibrigsten Projektile zu schlucken, die ein Gegner – von einem Panzerschlachtschiff einmal abgesehen – abfeuern konnte. Ihre Angriffsqualitäten waren auf Grund des geringen Eigengewichtes nicht in der obersten Kategorie anzusiedeln, aber bezogen auf die Tonnage konnte die *Shooting Starr* jeden Gegner niederkämpfen.

Es war also nicht verwunderlich, daß Bigman sich vor Freude einfach nicht mehr zu lassen wußte, als er die Luftschleuse passiert und den Raumanzug in die Ecke geworfen hatte.

»Beim All«, tönte er, »bin ich froh, von dem anderen Pott 'runter zu sein. Was machen wir mit dem Ding?«

»Ich lasse ein Schiff von Ceres kommen, das es einsammelt.«

Ceres lag knapp zweihunderttausend Kilometer hinter ihnen. Der Asteroid wirkte auf das menschliche Auge etwa halb so groß, wie der Mond von der Erde aus erschien.

Bigman frage neugierig: »Wie wär's, wenn du mich mal aufklären würdest, Lucky? Wieso der plötzliche Sinneswandel? Das letzte, was ich mitbekommen habe, war, daß ich mutterseelenallein losziehen sollte.«

»Es gibt keine Koordinaten, auf die du hättest zufliegen können«, erwiderte Lucky. Voller Ingrimm berichtete er dem Kleinen über die Ereignisse der letzten Stunden.

Bigman pfiff durch die Zähne. »Wohin fliegen wir denn nun eigentlich?«

»Ich bin mir nicht sicher, aber zunächst suchen wir einmal nach der Stelle, an der sich der Asteroid des Einsiedlers jetzt befinden müßte.«

Er studierte die Zeiger und fügte hinzu: »Und wir werden uns schnell von hier absetzen.«

Und Lucky meinte *schnell.* Als die Beschleunigung zunahm, kletterte die Geschwindigkeit der *Shooting*

Starr rapide. Bigman und Lucky wurden in ihre diamagnetisch gepolsterten Sitze gepreßt, und der wachsende Druck verteilte sich gleichmäßig über die gesamte Körperoberfläche. Die beschleunigungsgeregelte Luftentfernungsanlage erhöhte die Sauerstoffkonzentration in der Kanzel und ermöglichte so ein flacheres Atmen, ohne daß sich ein Zustand von Sauerstoffverknappung einstellte. Der g-Panzer (»g« ist die übliche wissenschaftliche Bezeichnung für Beschleunigung), den beide trugen, war leicht und beeinträchtigte ihre Bewegungsfreiheit nicht im mindesten. Unter dem Eindruck zunehmender Geschwindigkeit gewann das Korsett allerdings an Festigkeit und schützte so die Knochen und besonders die Wirbelsäule vor Brüchen. Ein Gürtel aus Nylotexgliedern bewahrte die Eingeweide vor unnötigem Schaden.

Die Kanzeleinrichtung war von Experten des Wissenschaftsrates in jeder Hinsicht dergestalt ausgelegt worden, der *Shooting Starr* eine um zwanzig bis dreißig Prozent höhere Beschleunigungskapazität als selbst dem modernsten Schiff der Flotte zu ermöglichen.

Selbst jetzt betrug die Beschleunigung, hoch wie sie war, nicht einmal die Hälfte von dem, wozu das Schiff tatsächlich fähig war.

Als die Geschwindigkeit abnahm, befand sich die *Shooting Starr* acht Millionen Kilometer von Ceres entfernt, und falls Bigman oder Lucky daran interessiert gewesen wären, nach dem Asteroiden Ausschau zu halten, hätten sie erkannt, daß er zu einem Lichtfleck geschrumpft war, der weniger hell als viele Fixsterne leuchtete.

»Sag' mal, Lucky, was ich dich schon die ganze Zeit fragen wollte, hast du eigentlich deinen Glitzerschild dabei?«

Lucky nickte, und Bigman machte ein trauriges Gesicht.

»Also hör mal, du großer blöder Ochse«, schimpfte der kleine Kerl, »warum, beim All, hast du ihn denn nicht mitgenommen, als du auf Piratenjagd gegangen bist?«

»Ich hatte ihn dabei«, gab Lucky ruhig zur Antwort. »Ich trage ihn seit dem Tag, als die Marsbewohner ihn mir geschenkt haben, bei mir.«

Wie Lucky und Bigman (aber sonst keine Menschenseele im Milchstraßensystem) wußten, handelte es sich bei den Marsbewohnern, auf die sich Lucky bezog, nicht um die Farmboys und Rancher auf dem Mars, sondern vielmehr um eine Rasse immaterieller Wesen, den direkten Nachkommen jener alten Intelligenzen, die den Mars in jenen Tagen bevölkert hatten, bevor der Planet seine Wasser- und Sauerstoffvorräte verloren hatte. Nachdem sie unter der Oberfläche riesige Höhlen gegraben hatten, indem sie kubikkilometerweise Felsgestein in Energie umwandelten und diese Energie zum zukünftigen Gebrauch lagerten, verbrachten sie ihre Tage jetzt in angenehmer Abgeschiedenheit. Weil sie ihre Körper aufgegeben hatten und nunmehr als reine Energie existierten, ahnte die Menschheit nicht, daß es sie gab. Nur Lukky Starr war bis in ihr Reich vorgedrungen, und als Andenken an diese Reise war er in den Besitz dessen gelangt, was Bigman »Glitzerschild« nannte.

Bigmans Ärger nahm zu. »Na, wenn du ihn dabei hattest, warum hast du ihn nicht benutzt? Was ist mit dir los?«

»Du machst dir von dem Schild eine falsche Vorstellung, Bigman. Er kann auch nicht alles. Er füttert mich nicht und wischt mir danach auch nicht den Mund.«

»Ich habe noch nichts gesehen, was er nicht könnte. Er kann 'ne ganze Menge.«

»In bestimmter Hinsicht stimmt das. Er kann jede Art von Energie absorbieren.«

»Wie die Energie eines Blastergeschosses zum Beispiel. Das willst du doch etwa nicht bestreiten, oder?«

»Nein, zugegeben, gegen Blaster wäre ich immun. Der Schild würde auch potentielle Energie aufsaugen, falls die Masse des betreffenden Körpers nicht zu klein oder zu groß wäre. Ein Messer oder eine gewöhnliche Kugel zum Beispiel ginge nicht hindurch, eine Kugel könnte mich allerdings vielleicht umwerfen. Aber ein vernünftiger Vorschlaghammer würde einfach durch den Schild rauschen, und selbst wenn er das nicht schaffen sollte, würde mich der Schwung ganz einfach zerschmettern. Und was noch schlimmer ist, Luftmoleküle gingen ohne weiteres durch, als gäbe es den Schild gar nicht, sie sind viel zu winzig, um aufgehalten zu werden. Ich erzähle dir das alles, damit du verstehst, daß ich so oder so gestorben wäre, wenn Dingo mir da draußen im All das Helmvisier geknackt hätte. Der Schild hätte auch nicht für eine Sekunde verhindern können, daß die Luft blitzartig aus meinem Anzug entweicht.«

»Wenn du ihn von Anfang an getragen hättest, wärst du nie in Schwierigkeiten gekommen. Wenn ich daran denke, wie du ihn auf dem Mars benutzt hast!« Bigman mußte bei dem Gedanken kichern. »Um dich herum hat alles geglitzert, wie ein Rauchschleier, aber mit Licht drin, man konnte dich nur als Dunstschwade erkennen. Alles, außer deinem Gesicht jedenfalls. Das bestand bloß aus weißem Licht.«

»Stimmt«, bemerkte Lucky trocken. »Damit hätte ich sie alle erschreckt. Dann hätten sie mit Blastern nach mir geschossen, und mir wäre nichts passiert. Sie wären so schnell wie möglich aus der *Atlas* geflohen, so ungefähr zehn Meilen weit und hätten sie dann in die Luft gejagt. Dann wäre ich mausetot gewesen. Du darfst nicht vergessen, der Schild ist nur ein Schild. Er verleiht mir keine Offensivkräfte.«

*

»Wirst du ihn nie wieder benutzen?« fragte Bigman.

»Erst, wenn es nötig ist. Vorher auf keinen Fall. Wenn ich ihn zu häufig anwende, wäre der Nutzen dahin. Seine Schwächen würden herauskommen, und ich wäre nichts weiter als ein Ziel für jeden, gegen den ich antreten muß.«

Lucky schaute auf die Instrumente. Ruhig sagte er: »Wieder zur Beschleunigung bereit?«

»He ...«, weiter kam Bigman nicht.

Als er wieder in seinen Sitz zurückgedrückt wurde, merkte er, wie er um Luft ringen mußte und konnte nichts mehr sagen. Die Röte stieg bis unter seine Augen, und er fühlte, wie sich die Haut nach hinten spannte, ganz so, als ob sie sich von seinen Knochen schälen wolle.

Diesmal beschleunigte die *Shooting Starr* mit voller Kraft.

Dieser Zustand dauerte fünfzehn Minuten. Gegen Ende war Bigman kaum noch bei Bewußtsein. Dann ließ die Beschleunigung nach, und die Lebensgeister kehrten zurück.

Lucky schüttelte den Kopf und schnappte nach Luft.

»He, das war überhaupt nicht komisch«, beschwerte sich Bigman.

»Ich weiß.«

»Was sollte das? Waren wir etwa nicht schnell genug?«

»Nicht ganz. Aber jetzt ist alles in Butter. Wir haben sie abgehängt.«

»Wen haben wir abgehängt?«

»Denjenigen, der uns verfolgt hat. Wir sind verfolgt worden, Bigman, und zwar von dem Augenblick an, in dem du den Fuß auf die alte Shooter gesetzt hast. Schau' dir mal den Ergometer an.«

Bigman tat, wie ihm geheißen. Mit dem Ergometer auf der *Atlas* hatte dieser hier nur den Namen gemein. Der auf der *Atlas* war ein primitives Modell gewesen, das dazu dienen sollte, Motorenwärme aufzufangen, um im Bedarfsfall die Rettungsboote auszustoßen. Darin hatte die alleinige Funktion bestanden. Die Ergometer auf der *Shooting Starr* waren in der Lage, Energiemuster hyperatomarer Motoren von Schiffen, nicht größer als Rettungsboote, aufzuzeichnen und das auf eine Entfernung von mehr als zwei Millionen Meilen.

Selbst jetzt zitterte die blaue Tintenlinie auf dem Millimeterpapier noch ganz schwach, wenngleich auch nur gelegentlich.

»Das hat nichts zu bedeuten«, meinte Bigman.

»Eben hatte es schon was zu bedeuten. Überzeug' dich selber.« Lucky wickelte das Papier, das schon an der Nadel vorbeigelaufen war, vom Zylinder ab. Die Ausschläge wurden größer und ließen sich besser deuten. »Siehst du das, Bigman?«

»Das könnte alles mögliche sein. Eine Ceresfrachter, zum Beispiel.«

»Nein. Einmal hat man versucht, uns zu folgen, und dabei hat sich der Betreffende nicht einmal so ungeschickt angestellt, was bedeutet, daß er selbst über einen ganz ordentlichen Ergometer verfügt.

Und außerdem, hast du schon mal solch ein Energiemuster gesehen?«

»Noch keins, das ganz genau so aussieht, Lucky.«

»Weißt du, ich schon, und zwar bei dem Schiff, das die *Atlas* geentert hat. Dieses Ergometer hier ermöglicht eine viel bessere Energiemusteranalyse, aber die Ähnlichkeit läßt keinen Zweifel zu. Der Motor des Schiffes hinter uns ist eine sirische Konstruktion.«

»Es handelt sich um Antons Schiff, willst du sagen.«

»Das oder ein ähnliches. Spielt aber keine Rolle. Wir haben es abgeschüttelt.«

*

»Im Augenblick befinden wir uns genau an der Stelle, wo der Felsen des Einsiedlers sein sollte, er müßte jedenfalls im Umkreis von etwa hunderttausend Meilen zu erkennen sein.«

»Ist er aber nicht«, gab Bigman zurück.

»Stimmt auffallend. Der Gravitationsanzeiger meldet keine asteroide Masse in unserer Nähe. Wir befinden uns in dem, was die Astronomen eine verbotene Zone nennen.«

»Aha«, ließ Bigman sich wissend vernehmen. »Verstehe.«

Lucky lächelte. Es war nichts zu erkennen. Eine verbotene Zone im Asteroidengürtel unterschied sich im Aussehen, jedenfalls für das bloße Auge, in keiner Weise von einem mit Asteroiden übersäten Abschnitt des Gürtels. Der Anblick war der gleiche, es sei denn, in hundert Kilometer Entfernung oder so befand sich zufällig ein Asteroid in Sicht. Sterne oder Gegenstände, die wie Sterne aussahen, bedeckten das Firmament. Falls einige davon Asteroiden und keine Sterne sein sollten, gab es jedenfalls keine Möglichkeit, einen Unterschied festzustellen, es sei denn, man beobachtete stundenlang intensiv die Umgegend, um herauszufinden, welcher »Stern« seine Stellung relativ zu den übrigen veränderte, oder man benutzte gleich ein Teleskop.

»Was machen wir denn nun?« wollte Bigman wissen.

»Wir schauen uns hier in der Gegend ein bißchen um, könnte ein paar Tage dauern.«

Der Kurs der *Shooting Starr* änderte sich jetzt ständig. Er führte von der Sonne weg, entfernte sich aus der verbotenen Zone und zeigte in Richtung der nächstgelegenen Asteroidenkonstellation. Die Nadeln der Gravitationsmesser tanzten unter der Einwirkung der Massen in der Ferne.

Auf dem Schirm glitt eine kleine Welt nach der anderen vorbei. Sie durften eine Umdrehung lang im Bild bleiben, dann wurde ihnen gestattet, wieder zu entschlüpfen. Die Geschwindigkeit der *Shooting Starr* war zu einem relativen Kriechen gedrosselt worden, dennoch liefen die Kilometer zu Hundertausenden und Millionen durch. Die Stunden vergingen. Ein Dutzend Asteroide tauchte auf und verschwand wieder.

»Du mußt was essen«, sagte Bigman.

Aber Lucky begnügte sich mit Sandwiches und kurzen Nickerchen, während er und Bigman abwechselnd den Sichtschirm, die Gravitationsanzeiger und den Ergometer beobachteten.

Dann, ein Asteroid war in Sicht, sagte Lucky mit gepreßter Stimme: »Ich gehe 'runter.«

Bigman war überrascht. »Ist das der Asteroid?« Er studierte die eckigen Umrisse. »Erkennst du ihn wieder?«

»Ich denke schon, Bigman. Auf jeden Fall wird er unter die Lupe genommen.«

Sie benötigten eine halbe Stunde, um das Schiff auf die Schattenseite des Asteroiden zu manövrieren.

»Halte die Position bei«, befahl Lucky. »Einer muß beim Schiff bleiben, und zwar bist du derjenige. Vergiß' das nicht. Es könnte entdeckt werden, aber hier im Schatten mit abgeschalteten Lichtern und dem Motor auf niedrigster Leistung machen wir es ihnen so schwer wie möglich. Laut Ergometer befindet sich kein Schiff in unserer Nähe, stimmt's?«

»Richtig!«

»Das wichtigste, woran du denken mußt: folge mir auf keinen Fall nach unten, egal, was passiert. Wenn ich fertig bin, komme ich zu dir 'rauf. Wenn ich in zwölf Stunden nicht zurück bin und mich nicht gemeldet habe, kehrst du mit einem Bericht nach Ceres zurück. Aber vorher machst du von diesem Asteroiden Photos von allen Seiten.«

Bigmans Gesicht verzog sich zu einer düster-störrischen Miene. »Nein.«

»Hier ist der Bericht«, sagte Lucky ruhig. Er holte aus einer Innentasche eine Privatkapsel. »Diese Kapsel ist auf Dr. Conway eingestellt. Er ist der einzige, der sie öffnen kann. Er muß die Informationen bekommen, egal, was mit mir geschieht. Versteht du das?«.

»Was steht auf dem Zettel?« fragte Bigman, der keine Anstalten traf, danach zu greifen.

»Leider nur Theorien fürchte ich. Ich habe niemandem gegenüber etwas darüber verlauten lassen, weil ich hergeflogen bin, um an die Fakten zu kommen, mit denen ich sie erhärten kann. Falls ich es nicht schaffe, müssen meine Vermutungen wenigstens durchkommen. Conway glaubt sie vielleicht, und möglicherweise kann er die Regierung dazu überreden, entsprechend zu handeln.«

»Ich werde es nicht machen«, sagte Bigman. »Ich werde dich nicht hier zurücklassen.«

»Bigman, wenn ich dir nicht trauen kann, ganz gleich, was mit dir oder mir wird, wirst du mir nicht von großem Nutzen sein, falls ich das hier mit heiler Haut überstehe.«

Bigman streckte die Hand aus. Die Privatkapsel fiel hinein.

»In Ordnung.«

*

Lucky schwebte durch das Vakuum der Oberfläche des Asteroiden entgegen, dabei beschleunigte er den Fall, indem er die Stoßpistole an seinem Anzug benutzte. Er wußte, daß der Asteroid die richtige Größe hatte. Die Form stimmte ebenfalls im großen und ganzen. Er war zerklüftet genug, und der vom Sonnenlicht beschienene Teil hatte die richtige Farbe. Aber das alles hätte vielleicht auf jeden Asteroiden zutreffen können.

Und da war noch eine Eigentümlichkeit, die bestimmt nicht sehr oft kopiert wurde.

Seiner Hüfttasche entnahm er ein kleines Instrument, einem Kompaß nicht unähnlich. In Wirklichkeit handelte es sich um ein Handradargerät. Die Sendequelle im Inneren konnte Kurzwellen auf beinahe jede Entfernung abgeben. Bestimmte Frequenzen wurden zum Teil vom Felsgestein reflektiert und zum Teil durchgelassen.

War eine dicke Felsschicht vorhanden, aktivierte die Strahlungsreflektion eine Nadel auf der Skala. Bei dünner Gesteinsauflage, wie es beispielsweise bei einer darunterliegenden Höhle oder einem Hohlraum der Fall ist, wurde ein Teil der Strahlung reflektiert, aber ein weiterer Teil drang durch den Hohlraum und wurde von einer anderen Wand zurückgeworfen. Dadurch entstand eine Doppelreflektion, deren eine Komponente viel schwächer als die andere war. Als Reaktion auf solch eine Doppelreflektion antwortete die Nadel mit einem charakteristischen Doppelausschlag.

Während er mit Leichtigkeit über die steinigen Anhöhen setzte, beobachtete Lucky das Instrument. Zu dem gleichmäßigen Pulsieren der Nadel gesellte sich ein Zittern, und bald darauf war ein deutlicher Nebenausschlag zu erkennen. Der Asteroid war hohl. Man brauchte nur die Stelle zu finden, wo der Nebenausschlag am größten war, dort lag dann auch die Höhle der Oberfläche am nächsten. Dort würde die Schleuse sein.

Einige Augenblicke lang waren alle seine Sinne auf die Nadel gerichtet. Das Magnetkabel, das sich vom nahegelegenen Horizont aus auf ihn zuschlängelte, nahm er nicht wahr.

Er bemerkte es nicht, bis Schlinge um Schlinge um seinen Körper schnappte, sich festklammerten und seine beinahe schwerelose Gestalt durch den Aufprall erst gänzlich von dem Asteroiden schleuderte und dann gegen den Felsboden schmetterte. Lucky blieb hilflos liegen.

XI
NAHKAMPF

Drei Lichter tauchten am Horizont auf, sie bewegten sich auf den hilflos ausgestreckten Lucky zu. In der Dunkelheit der Asteroidennacht war es ihm nicht möglich, die zu den Lampen gehörigen Gestalten zu erkennen.

Auf einmal vernahm er den Klang einer Stimme im Ohr, es handelte sich um das rauhe, wohlbekannte Organ Dingos, des Piraten. »Wehe, du rufst deinen Kumpel da oben«, sage er. »Ich hab' hier ein Ding, das kann deinen Richtstrahl empfangen. Versuchst du es doch, blase ich dich einfach aus dem Anzug, du Spitzel!«

Das letzte Wort spuckte er geradezu aus; die verächtliche Bezeichnung aller Gesetzesbrecher für jene, die sie als Spione der Strafverfolgungsbehörden ansehen.

Lucky hielt den Mund. Von dem Augenblick an, in dem er gefühlt hatte, wie sein Anzug unter dem Aufprall des Magnetkabels erzitterte, war ihm klar gewesen, daß er in eine Falle getappt war. Bigman anzufunken, bevor er mehr über die Beschaffenheit der Falle in Erfahrung gebracht hatte, hieße die *Shooting Starr* gefährden, ohne daß ihm dabei selbst in seiner mißlichen Lage geholfen wäre.

Dingo stand breitbeinig über ihm. Im Schein einer der Taschenlampen erhaschte Lucky einen flüchtigen Blick auf Dingos Helmvisier und die dickscheibige Brille, die seine Augen bedeckte. Lucky wußte, daß es sich dabei um Infrarotumsetzer handelte. Umsetzer waren in der Lage, gewöhnliche Wärmestrahlung in sichtbares Licht zu verwandeln. Selbst ohne Taschenlampen und trotz der dunklen Asteroidennacht waren sie im Stande gewesen, ihn auf Grund der Energieabstrahlung seiner eigenen Heizschlangen zu beobachten.

»Was ist los, Spitzel, hast du Schiß?«

Er hob ein umfangreiches Bein mit einem noch klobigeren Metallschuh am Fuß und stampfte mit der Hacke wuchtig in Richtung Helmvisier. Lucky drehte den Kopf geschwind zur Seite, um den Stoß auf das stabilere Metall des Helms treffen zu lassen, aber Dingos Absatz blieb mitten in der Luft stehen. Der Pirat lachte triumphierend.

»Diesmal kommst du nicht so leicht davon, Spitzel.«

Als er seine beiden Spießgesellen anredete, veränderte sich sein Tonfall. »Hüpft über die Klippe und macht die Schleuse auf.«

Einen Augenblick lang zögerten die beiden Männer. Einer meinte dann: »Aber Dingo, der Captain hat doch gesagt, du solltest ...«

»Mach, daß du verschwindest, sonst fang' ich vielleicht mit dem da an und hör bei euch auf.«

Mit dieser Drohung konfrontiert, setzten die beiden sich springend in Bewegung. Dingo richtete seine Aufmerksamkeit wieder auf Lucky. »Schätze, wir schaffen dich mal zur Schleuse.«

Er hielt immer noch das Griffende des Magnetkabels in Händen. Durch ein Knipsen am Schalter stellte er den Strom ab und entmagnetisierte es für einen Augenblick. Er ging einen Schritt zur Seite und zog das Kabel ruckartig in seine Richtung. Lucky wurde über den felsigen Boden des Asteroiden geschleift, hüpfte hoch wie ein Gummiball und kollerte halb aus der Kabelschlinge. Dingo knipste wieder am Schalter, und die verbliebenen Schlingen packten plötzlich und hielten Lucky fest.

Dingo ließ die Peitsche nach oben zucken. Lucky stieg mit empor, während Dingo geschickt manövrierte, um selbst die Balance zu halten. Lucky schwebte im All, und Dingo spazierte mit ihm durch die Gegend, als wäre er ein Kinderballon an einem Bindfaden.

Es vergingen fünf Minuten, dann waren die Lampen der beiden anderen wieder zu sehen. Das Licht schien auf einen dunklen Fleck, dessen regelmäßige Einfassung Beweis genug war, daß es sich dabei um eine geöffnete Luftschleuse handelte.

Von weitem rief Dingo schon: »Aufgepaßt, ich habe ein Paket abzuliefern.«

Wieder entmagnetisierte er das Kabel, ließ es nach unten zucken, wobei es ihn selbst zehn Zentimeter vom Boden abhob. Lucky wirbelte rasend schnell um seine eigene Achse und rollte dabei vollständig aus den Kabelschlingen.

Dingo hechtete in die Höhe und fing ihn. Mit der Geschicklichkeit eines Mannes, der seit langem an Schwerelosigkeit gewöhnt ist, vereitelte er Luckys Versuche, sich aus der Umklammerung zu befreien und schleuderte ihn schließlich in Richtung Schleusentor. Mit Hilfe eines schnellen Doppelschusses aus der Stoßpistole an seinem Anzug brachte er seinen eigenen Fall nach hinten zum Stillstand, richtete sich auf und konnte gerade noch sehen, wie Lucky sauber in die Schleuse trieb.

Was nun folgte, war im Schein der Taschenlampen deutlich zu sehen. Von dem Pseudo-Schwerkraftfeld, das im Inneren der Schleuse herrschte, gepackt, wurde Lucky urplötzlich mit lautem Geschepper und einer Gewalt, die ihm den Atem raubte, zu Boden geschleudert. In seinem Helm dröhnte Dingos bellendes Gelächter.

Die Außentür verriegelte sich, die innere ging auf. Lucky kam auf die Füße, dankbar für die normalen Gravitationsverhältnisse.

»Rein mit dir, Spitzel.«

Lucky zögerte beim Betreten des Asteroideninneren. Schnell ließ er seine Augen hin und her wandern, während sich gleichzeitig an den Rändern des Visiers Eisblumen bildeten. Was er sah, war nicht die heimelig beleuchtete Bibliothek des Einsiedlers Hansen, sondern vielmehr eine ungeheuer große, langgestreckte Halle, deren Dach von einer Anzahl Säulen getragen wurde. Das gegenüberliegende Ende konnte er nicht erkennen. In regelmäßigen Abständen entlang der Wände befanden sich Öffnungen, die in Räume führten. Männer hasteten hin und her, in der Luft hing ein Ozon- und Maschinenölgeruch. Weit weg konnte er das charakteristische Summen von mit Sicherheit gigantischen hyperatomaren Motoren vernehmen.

Es lag ziemlich klar auf der Hand, daß es sich hier nicht um die Zelle eines Einsiedlers, sondern vielmehr um eine große industrielle Anlage *im Inneren* eines Asteroiden handelte.

Lucky nagte nachdenklich an seiner Unterlippe und fragte sich mutlos, ob dieses Wissen jetzt mit ihm zusammen sterben würde.

»Hier rein, Spitzel, mach', daß du da reinkommst.«

Der bezeichnete Raum war eine Vorratskammer, Regale und Kanister machten einen gut gefüllten Eindruck, aber außer den drei Piraten und ihm selbst war kein Mensch zu sehen.

»Hör' mal, Dingo«, sagte einer der Piraten nervös, »warum zeigen wir ihm das eigentlich alles. Ich glaube nicht ...«

»Dann halt' auch den Mund«, erwiderte Dingo und

lachte dabei. »Keine Angst, der wird nichts von dem erzählen, was er hier zu sehen bekommt. Das garantiere ich. Aber vorher habe ich mit dem da noch ein Hühnchen zu rupfen. Zieht ihm den Anzug aus.«

Während er sprach, machte er sich von seinem eigenen Druckanzug frei. Ohne ihn sah er gewaltig aus. Eine Hand rieb den behaarten Rücken der anderen. Er genoß die Situation.

»Captain Anton hat dir nie den Befehl gegeben, mich zu töten«, sagte Lucky mit fester Stimme. »Du versuchst nur, eine persönliche Fehde zu Ende zu bringen, und dabei handelst du dir bloß Schwierigkeiten ein. Für den Captain bin ich ein wertvoller Mann, das weiß er genau.«

Auf Dingos Gesicht lag ein Grinsen, als er sich auf den Rand einer mit kleinen Metallgegenständen gefüllten Tonne setzte. »Wenn man dir so zuhört, könnte man glatt meinen, du hättest recht. Aber du hast uns nicht für einen Augenblick an der Nase herumführen können. Was glaubst du denn, was wir gemacht haben, nachdem wir dich auf dem Felsen des Einsiedlers abgesetzt hatten? Wir haben beobachtet. Captain Anton ist kein Dummkopf. Er hat mich zurückgeschickt. ›Beobachte den Felsen und mach' Meldung‹, hat er gesagt. Ich hab' gesehen, wie das Boot des Einsiedlers abhob. Ich hätte euch in Fetzen schießen können, aber der Befehl lautete, die Verfolgung aufzunehmen.

Vor Ceres habe ich anderthalb Tage lang Position bezogen, dann entdeckte ich, wie das Dinghy des Einsiedlers wieder in den Weltraum auslief. Hab' ich einfach weitergewartet. Dann lief mir das andere Schiff, das zum Rendezvous kam, über den Weg. Der Mann im Dinghy ging an Bord des anderen Schiffes, und als ihr losgeflogen seid, bin ich euch gefolgt.«

Lucky konnte nicht anders, er mußte lächeln. »Du hast *versucht* uns zu folgen, willst du wohl sagen.«

Dingo wurde rot wie eine Tomate. »O. K.«, giftete er, »ihr seid schneller gewesen. Leute eures Schlages können nun mal gut weglaufen. Na, und? Ich brauchte dir nicht nachzurennen. Bin einfach hierher und hab' gewartet. Ich wußte doch, wo ihr hin wolltet. Ich hab' dich doch gekriegt, oder etwa nicht?«

»Na schön, aber was hast du denn schon? Auf dem Felsen des Einsiedlers war ich unbewaffnet. Ich hatte nichts, womit ich mich hätte wehren können, der Einsiedler besaß einen Blaster. Ich mußte tun, was er wollte. Er wollte unbedingt auf Ceres zurück, mich hat er gezwungen mitzukommen, damit er, falls ihn die Männer von den Asteroiden abfangen, behaupten konnte, man habe ihn entführt. Du hast eben selbst zugegeben, daß ich so schnell wie möglich wieder von Ceres verschwunden bin, um nach hier zurückzukehren.«

»Mit einem netten glänzenden Regierungsschiff.«

»Ich habe es gestohlen. Na und? Das heißt doch nur, daß ihr jetzt noch ein Schiff für eure Flotte habt. Und zwar ein gutes.«

Dingo sah die beiden anderen Piraten an. »Der streut ganz schön mit Kometenstaub um sich, was?«

»Ich warne dich noch einmal, der Captain läßt es an dir aus, wenn mir etwas zustößt.«

»Nein, wird er nicht«, knurrte Dingo böse, »er weiß nämlich, wer du bist und ich auch, Mr. David Lucky Starr. Los, stell dich in die Mitte.«

Dingo stand auf. Zu seinen beiden Begleitern sagte er: »Schafft die Tonnen aus dem Weg: dahinten in die Ecke damit.«

Sie brauchten nur einmal in sein drohendes blutrotes Gesicht zu sehen, dann gehorchten sie. Dingos muskelbepackter untersetzter Körper war leicht nach vorn gekrümmt, sein Kopf verzog sich zwischen die kraftstrotzenden Schultern, und seine dicken, irgendwie etwas krummen Beine waren fest auf dem Boden verankert. Die Narbe auf seiner Oberlippe zeichnete sich weiß ab.

»Es gibt einfache und schöne Methoden, um dich fertigzumachen. Spitzel kann ich nicht ausstehen, und Spitzel, die mich in einem Stoßpistolenduell foulen, kann ich erst recht nicht ausstehen. Deswegen werde ich dich in kleine Schnipsel zerlegen, bevor ich dich kaltmache.«

Im Vergleich zu dem Piraten wirkte Lucky hoch aufgeschossen und dürr. »Bist du Manns genug, es allein mit mir aufzunehmen, Dingo, oder werden dir deine beiden Freunde helfen?«

»Ich brauche keine Hilfe, du Filmgesicht.« Er lachte bösartig. »Aber wenn du versuchst wegzulaufen, werden sie dich daran hindern, und wenn du es immer wieder versuchst, dafür haben sie die Neuronenpeitschen, und die halten dich *bestimmt* auf.« Er hob die Stimme. »Und benutzt sie auch, ihr zwei, wenn es nötig ist.«

Lucky wartete darauf, daß der andere anfing. Ihm war klar, daß die wahrscheinlich tödlichste Taktik darin bestand, sich auf einen Nahkampf einzulassen. Wenn der Pirat ihn mit seinen riesigen Armen um den Brustkorb zu packen bekam, waren mit an Sicherheit grenzender Wahrscheinlichkeit gebrochene Rippen die Folge.

Die rechte Faust angewinkelt, stürmte Dingo vor. Lucky blieb, solange er sich traute, wie angewurzelt stehen, tat dann einen raschen Schritt nach rechts, ergriff den ausgestreckten linken Arm seines Gegners, zog an, nutzte dabei die Vorwärtsbewegung des anderen aus, und erwischte den Knöchel des Piraten mit dem Fuß.

Dingo flog mit ausgestreckten Armen nach vorn und krachte schwer zu Boden. Blitzartig war er wieder auf den Beinen, allerdings hatte er eine Schramme auf der Wange, und kleine Lichter wahnsinniger Wut tanzten in seinen Augen.

Er donnerte auf Lucky los, dieser zog sich leichtfüßig in Richtung auf die Fässer zurück.

Lucky stützte sich auf dem Deckelrand ab und schwang die Beine hoch. Dingo bekam sie voll auf die Brust, das stoppte ihn für einen Augenblick. Lucky wirbelte außer Reichweite und kam wieder frei in der Mitte des Raumes zu stehen.

Einer der Piraten rief: »He, Dingo, hör' auf herumzuspielen.«

»Ich bring ihn um, ich bring ihn um«, keuchte Dingo.

Aber er war jetzt vorsichtiger. Seine kleinen Äuglein verschwanden beinahe hinter dem Fett und dem Knorpelgewebe, das seine Augäpfel umgab. Lucky genau beobachtend, schlich er sich vor und wartete auf den Moment, in dem er zuschlagen konnte.

»Was ist los, Dingo«, erkundigte sich Lucky. »Hast du Angst vor mir? Für eine Großschnauze bekommst du aber verdammt schnell das Flattern.«

Wie Lucky erwartet hatte, antwortete Dingo mit einem unzusammenhängenden Gebrüll und stürzte sich schwerfüßig und frontal auf ihn. Diesem Stierangriff auszuweichen, bereitete Lucky keinerlei Schwierigkeit. Schnell und hart fuhr seine Handkante Dingo ins Genick.

Lucky hatte gesehen, daß viele Männer mit diesem speziellen Hieb bewußtlos geschlagen worden waren; mehr als einen hatte er daran sterben sehen.

Aber Dingo torkelte nur. Er schüttelte die Wirkung ab und wandte sich knurrend um.

Seine Füße setzten mit der ganzen Sohle auf dem Boden auf, als er sich dem tänzelnden Lucky näherte. Luckys Faust zuckte vor und traf Dingos zerschrammten Backenknochen. Es floß Blut, aber Dingo versuchte weder den Schlag zu parieren noch zuckte er mit der Wimper, als der Treffer landete.

Lucky schlängelte sich davon und schlug den Piraten noch zweimal mit voller Wucht. Dingo kümmerte sich nicht darum. Er marschierte vorwärts, immer vorwärts.

Plötzlich, völlig unerwartet, ging er zu Boden, wie ein Mann, der stolpert. Aber während er fiel, schossen seine Arme vor, und eine Hand schloß sich um Luckys rechten Knöchel.

»Jetzt hab' ich dich«, flüsterte Dingo.

Er griff hoch, um Luckys Hüften zu packen, und einen Augenblick später rollten sie gemeinsam und fest ineinander verkrallt über den Boden.

Lucky fühlte den wachsenden, alles umfassenden Druck; der Schmerz züngelte wie eine heranbrausende Flammenwand durch seinen Körper. Dingos Atem rasselte dicht an seinem Ohr.

Die Rechte konnte Lucky bewegen, sein linker Arm befand sich jedoch in dem betäubenden Griff, den Dingo um Lucky's Brust aufrecht hielt. Mit dem Rest seiner schwindenden Kräfte hob Lucky die rechte Faust. Der Hieb traf auf höchstens zehn Zentimeter Entfernung. Genau an der Stelle, wo Kinn und Hals ineinander übergehen, schlug es bei Dingo mit einer derartigen Wucht ein, daß Lucky der Arm davon überall schmerzte.

Einen Moment lang lockerte sich die Umklammerung, Lucky hechtete sich zappelnd aus Dingos mörderischen Klauen und kam auf die Füße.

Dingo brauchte länger, um auf die Beine zu kommen. Er hatte einen glasigen Blick und aus seinem Mundwinkel sickerte frisches Blut.

»Die Peitsche!« murmelte er schwerfällig.

Gänzlich ohne Vorwarnung wandte er sich einem der Piraten zu, der bislang wie ein zur Salzsäule erstarrter Zuschauer dagestanden hatte. Er zerrte ihm die Waffe aus der Hand und schickte ihn zu Boden.

Lucky versuchte sich zu ducken, aber die Neuronenpeitsche sauste blitzend durch die Luft. Sie erwischte ihn an der rechten Körperhälfte, und die Nerven der betroffenen Gegend sandten eine Flut des Schmerzes aus. Luckys Körper wurde stocksteif, und er ging wieder zu Boden.

Einen Augenblick lang vermittelten ihm seine Sinne nur ein wirres Durcheinander, und mit dem bißchen Bewußtsein, das ihm verblieben war, erwartete er jede Sekunde den Tod. Verschwommen hörte er einen der Piraten sagen: »Hör mal, Dingo, der Captain hat doch gesagt, es soll wie ein Unfall aussehen. Er ist ein Ratsmitglied und ....«

Mehr bekam Lucky nicht mit.

Als er wieder zu sich kam, war dieser Vorgang von beispiellosen Schmerzen auf der gesamten Körperseite begleitet. Es fühlte sich an, als ob Tausende von Nadeln in ihm staken. Aber ihm wurde ebenfalls bewußt, daß er wieder in seinem Druckanzug steckte. Sie standen gerade im Begriff, ihm seinen Helm aufzuschrauben. Die Lippen verquollen, und mit schwer gezeichnetem Kinn stand Dingo dabei und glotzte ihn böse an.

Auf der Schwelle ließ sich eine Stimme vernehmen. Hastig betrat ein Mann den Raum, die Worte sprudelten nur so aus seinem Mund.

Lucky konnte hören, wie er sagte »... für Posten zwo vier sieben. Es ist so schlimm, daß ich nicht mal mehr alle Erfordernisse im Auge behalten kann. Ich kann nicht mal unsere Umlaufbahn so stabiliseren, daß die Koordinatenkorrekturen für ...«

Die Stimme erstarb. Lucky drehte den Kopf und konnte einen kurzen Blick auf einen kleinen grauhaarigen Mann mit Brille werfen, der jetzt halb im Türrahmen stand und mit einer Mischung aus Ungläubigkeit und Erstaunen die Unordnung, die sich seinen Augen offenbarte, betrachtete.

»Raus mit dir«, brüllte Dingo.

»Aber ich muß doch Anweisungen haben ...«

»Später!«

Der kleine Mann verschwand, und sie setzten Lucky den Helm auf.

Sie schafften ihn wieder durch die Schleuse auf eine Oberfläche, die nunmehr in den schwachen Schein der weit entfernten Sonne getaucht war. Auf einer ziemlich ebenen Felsplatte wartete ein Katapult. Seine Funktion gab Lucky keine Rätsel auf. Eine automatische Winde zog gerade einen großen Metallhebel zurück, der sich immer langsamer bog, bis seine ursprüngliche Krümmung an der Spitze in eine gänzlich horizontale Position gezwungen worden war. An dem gekrümmten Hebel waren leichte Gurte angebracht, die nun um Luckys Taille gelegt wurden.

»Lieg' still«, sagte Dingo. Seine Stimm klang weit entfernt, und es knisterte in der Leitung. Lucky wurde sich bewußt, daß mit seinem Helmempfänger etwas nicht stimmte. »Du verbrauchst nur unnötig Sauerstoff. Nur, um dich fröhlicher zu stimmen, wir schicken Schiffe hoch, um deinen Freund abzuschießen, bevor er Gelegenheit hat, auf Touren zu kommen, falls ihm nach Weglaufen zu Mute ist.«

Eine Sekunde später fühlte Lucky das scharfe Zittern des gelösten Hebels. Mit unglaublicher Gewalt sauste er wieder in seine ursprüngliche Stellung. Die Gurtschnallen öffneten sich ohne Schwierigkeiten, und mit einer Geschwindigkeit von einem Kilometer pro Minute oder mehr wurde er wie ein Bolzen weggekatapultiert, und es gab kein Schwerkraftfeld, das seinen Flug verlangsamt hätte. Da war ein kurzer Moment, in dem er den Asteroiden und die zu ihm aufschauenden Piraten sehen konnte, während er hinsah, schrumpfte das Ganze sehr schnell.

Er untersuchte seinen Anzug. Er wußte bereits, daß man an seinem Helmempfänger herumgefummelt hatte. Genau, der Sensorknopf baumelte lose herunter. Das bedeutete, daß er mit seiner Stimme nicht mehr als einige Meilen überbrücken konnte. Die Stoßpistole an seinem Anzug hatten sie ihm gelassen. Er probierte sie aus, aber es rührte sich nichts. Den Gasvorrat hatten sie entweichen lassen.

Er war einigermaßen hilflos. Da war nur dieser eine gefüllte Sauerstoffzylinder auf seinem Rücken, der zwischen ihm und einem langsamen, unangenehmen Tod stand.

XII
DUELL DER SCHIFFE

Mit einem Gefühl der Beklemmung in der Brust nahm Lucky eine Bestandsaufnahme der Situation vor. Er war sich einigermaßen sicher, daß er die Pläne der Piraten durchschaute. Auf der einen Seite wollten sie ihn loswerden, denn offensichtlich wußte er zuviel. Andererseits mußte ihnen daran gelegen sein, daß er unter solchen Umständen tot geborgen wurde, die den Wissenschaftsrat daran hinderten, eindeutig zu beweisen, daß er von Piraten getötet worden war.

Die Piraten hatten schon einmal den Fehler begangen, ein Ratsmitglied zu töten. Die Wut darüber hatte sich anschließend für sie als fatal erwiesen. Diesmal würden sie vorsichtiger zu Werke gehen.

Sie werden die *Shooting Starr* stürmen, dachte Lukky bei ich, und einen Störschirm rings um das Schiff errichten, um Bigman am Absetzen eines Hilferufes zu hindern. Dann konnten sie eine Flakgranate in den Rumpf jagen. Das würde eine gute Imitation eines Meteoriteneinschlages abgeben. Um das Ganze noch echter aussehen zu lassen, konnten sie ihre eigenen Ingenieure an Bord schicken, und sie ein bißchen an den Schutzschildaktivatoren herumfummeln lassen. Dadurch würde es so aussehen, als ob ein mechanischer Defekt dafür verantwortlich gewesen wäre, daß der Schild sich nicht aufgebaut hatte, als der Meteorit auftauchte.

Seine Flugbahn durch den Weltraum würden sie genau kennen, das wußte Lucky mit Bestimmtheit. Es gab nichts, was ihn von seinem ursprünglichen Abschußwinkel ablenken könnte. War er erst mal mit Sicherheit tot, dann würden sie ihn einsammeln und in eine Kreisbahn um die zertrümmerte *Shooting Starr* schicken. Der Suchexpedition (und vielleicht war es sogar eines der Piratenschiffe, das einen anonymen Bericht über den Fund senden würde) würde sich nur eine Schlußfolgerung aufdrängen. Bigman, im Kommandostand bis zum letzten Augenblick steuernd, war auf seinem Posten gestorben. Lucky hingegen hatte sich in seinen Raumanzug gezwängt und dabei in der Aufregung den Sensorknopf seines Senders beschädigt. Deswegen hatte er nicht um Hilfe rufen können. Den Gasvorrat seiner Stoßpistole hätte er in einem verzweifelten und sinnlosen Versuch, an einen sicheren Ort zu gelangen, verbraucht. Und dann war er gestorben.

Aber so lief die Sache nicht. Weder Conway noch Henree würden auch nur einen Moment lang annehmen, daß Lucky nur an sein eigenes Überleben gedacht hatte, während Bigman treu bei den Steuereinrichtungen geblieben war. Für einen toten Lucky Starr bedeutete es aber einen schwachen Trost zu wissen, daß der Plan zum Scheitern verurteilt war. Schlimmer noch, nicht nur Lucky Starr würde sterben, sondern die Informationen in seinem Kopf wären auf ewig verloren.

Einen Augenblick lang machte ihn der Zorn auf sich selbst ganz krank; er hätte vor seinem Weggang alle seine Vermutungen an Conway und Henree weitergeben müssen und außerdem hätte er mit dem Abfassen der Privatkapsel nicht warten dürfen, bis er an Bord der *Shooting Starr* gegangen war. Doch dann bekam er sich wieder in die Gewalt. Ohne Fakten hätte ihm doch niemand geglaubt.

Schon allein aus diesem Grund mußte er machen, daß er zurückkam.

Er mußte es einfach schaffen!

Aber wie sollte er das anstellen? Was nützt schon »ich muß einfach«, wenn man allein und hilflos im All treibt und nichts weiter besitzt als einen Sauerstoffvorrat von wenigen Stunden?

Sauerstoff!

Da ist mein Sauerstoff, dachte er. Jeder außer Dingo hätte die Sauerstoffflasche bis auf einen winzigen Rest geleert, damit der Tod schnell eintrat. Aber wie Lucky Dingo kannte, hatte der den Zylinder randvoll gepumpt, einfach nur um die Qual zu verlängern.

Ausgezeichnet! Er würde das ins Gegenteil kehren.

Er würde den Sauerstoff zu etwas anderem verwenden. Falls es nicht klappte, würde der Tod trotz Dingo nur um so früher eintreten.

Aber es mußte klappen.

Während er durch den Weltraum wirbelte, war der Asteroid von Zeit zu Zeit in seinem Gesichtskreis aufgetaucht. Anfangs sah er wie ein schrumpfender Felsen aus, dessen sonnenbeschienen Höhenzüge sich zackig über die Schwärze des Weltraums krümmten. Dann war er zu einem hellen Stern mit punktförmiger Lichtquelle geworden. Der strahlende Glanz verflüchtigte sich jetzt sehr schnell. Wenn der Asteroid erst einmal so blaß geworden war, daß er nur noch wie irgendeiner der unzähligen Sterne aussah, war alles vorbei. Bis das geschah, würden nur noch wenige Minuten vergehen.

Seine unbeholfenen metallumhüllten Finger nestelten bereits an der beweglichen Schlauchverbindung, die vom Lufteinlaß knapp unterhalb der Sichtscheibe zu dem Vorratsbehälter auf seinen Rücken führte. Er drehte angestrengt an dem Zapfen, der den Luftschlauch fest mit dem Zylinder verband.

Der Zapfen gab nach. Er wartete, bis sein Helm und der Raumanzug sich mit Luft gefüllt hatten. Normalerweise sickerte der Sauerstoff langsam aus dem Zylinder, ungefähr in der Menge, in der er von den Lungen verbraucht wurde. Das Kohlendioxyd und die Wasserrückstände, die infolge des Atmungsprozesses anfielen, wurden in der Hauptsache von den Chemikalien, die sich in dem mit Ventilen vesehenen Kanister, der auf der Innenseite der Brustplatte des Anzuges befestigt war, absorbiert. Das Ergebnis war, daß der Sauerstoff auf einem Druckniveau gehalten wurde, das einem Fünftel der Erdatmosphäre entsprach. Das war genau richtig, denn die Luftzusammensetzung der Erde enthielt sowieso vier Fünftel Kohlendioxyd, das zum Atmen überflüssig war.

Für eine höhere Konzentration bestand jedoch Spielraum genug, man konnte den normalen Atmosphärendruck etwas überschreiten, ohne daß sich die Gefahr einer Sauerstoffvergiftung ergab. Lucky ließ den Sauerstoff in den Anzug strömen.

Nachdem das geschehen war, schloß er das Ventil unter der Sichtscheibe völlig und nahm den Zylinder ab.

Der Zylinder war selbst eine Art Stoßpistole. Sicher, es handelte sich dabei um eine ungewöhnliche Stoßpistole. Jemand, den es ins All verschlagen hatte und der den kostbaren Sauerstoff, der zwischen ihm und dem Tod stand, ins All blies, beging eine reine Verzweiflungstat. Oder er handelte dabei mit einer bestimmten Absicht.

Lucky knackte das Druckverminderungsventil und ließ einen Sauerstoffschwall entweichen. Diesmal zeichnete sich keine Kristallspur ab. Im Gegensatz zu Kohlendioxyd gefror Sauerstoff nun wirklich erst bei extrem niedrigen Temperaturen, und ehe es ausreichend Wäre abgegeben hatte, um zu gefrieren, hatte es sich bereits im All verteilt. Gasförmig oder von fester Konsistenz, Newtons drittes Bewegungsgesetz blieb trotzdem wirksam. Während das Gas in die eine Richtung drückte, wurde Lucky durch eine natürliche Gegenbewegung in die entgegengesetzte Richtung getrieben.

Sein sich Drehen um die eigene Achse wurde geringer. Er paßte sorgfältig den Augenblick ab, bis er den Asteroiden voll voraus hatte, bevor er das Trudeln völlig beendete.

Er trieb immer noch vom Brocken weg. Der war jetzt auch nicht mehr wesentlich heller als die ihn umsäumenden Sterne. Möglicherweise hatte er sich bei der Wahl seines Zieles geirrt, aber daran wollte er jetzt nicht denken.

Er konzentrierte sich vollständig auf den Lichtpunkt, den er für den Asteroiden hielt, und ließ den Sauerstoff aus dem Zylinder in die entgegengesetzte Richtung schießen. Würde der Vorrat ausreichen, um seine Fahrtrichtung noch einmal ändern zu können? Im Augenblick ließ sich das nicht sagen.

Egal, er würde für alle Fälle eine gewisse Menge Gas einbehalten müssen. Er würde es benötigen, um in der Nähe des Asteroiden manövrieren zu können, um auf die Schattenseite zu kommen, Bigman und das Schiff zu finden, daß hieß ...

Das hieß, falls die Piraten das Schiff noch nicht in die Flucht geschlagen oder gar vernichtet hatten.

Lucky kam es so vor, als ob das Zittern in seinen Händen durch den ausströmenden Sauerstoff schwächer wurde. Entweder war der Zylinder gleich leer, oder aber die Gastemperatur sank ab. Er hielt ihn so nahe wie möglich an seinen Körper gepreßt, so daß er dadurch etwas Wärme bezog. In der Regel war es die Temperatur des Raumanzuges, die die Sauerstoffzylinder so weit aufwärmte, daß ihr Inhalt atembar wurde, und die Kohlendioxydbehälter für die Stoßpistolen wurden mit ausreichend Wärme versorgt, um den Inhalt in einem flüssigen Zustand zu halten. Im Vakuum des Weltraumes konnte Wärme nur durch Abstrahlung verlorengehen, dabei handelte es sich in jedem Fall um einen langsam ablaufenden Prozeß, aber der Sauerstoffbehälter hatte inzwischen genügend Zeit gehabt, mit der Temperatur herunterzugehen.

Er umschlang den Zylinder mit den Armen, preßte ihn an die Brust und wartete.

Es waren nur fünfzehn Minuten vergangen, aber Lucky kamen sie wie Stunden vor, bis er zu der Überzeugung kam, daß der Asteroid zusehends heller wurde. Näherte er sich dem Brocken wieder? Oder war das alles nur Einbildung? Weitere fünfzehn Minuten verstrichen, und jetzt war er entschieden heller als zuvor. Lucky empfand so etwas wie Dankbarkeit für den Zufall, daß man ihn von der Lichtseite des Asteroiden aus ins All katapultiert hatte, so konnte er jetzt sein Ziel wenigstens erkennen.

Das Atmen wurde zusehends anstrengender. Die Gefahr einer Kohlendioxydvergiftung bestand nicht, denn das Gas wurde sofort chemisch gebunden. Aber mit jedem Atemzug verringerte sich sein kostbarer Sauerstoffvorrat, der sich in seinem Anzug befand. Er versuchte so flach wie möglich zu atmen, dann schloß er auch noch die Augen, um sich auszuruhen. Schließlich konnte er ja im Augenblick nichts weiter unternehmen, bis er den Asteroiden erreicht und passiert hatte. Dort hinten auf der Nachtseite wartete Bigman vielleicht auf ihn.

Sollte es ihm gelingen, mit seinem defekten Sprechtfunkgerät aus nächster Nähe Kontakt aufzunehmen, ehe er ohnmächtig wurde, dann bestand noch Aussicht auf Rettung.

*

Für Bigman waren die Stunden langsam und quälend verstrichen. Er brannte darauf zu landen, traute sich aber nicht. Er sagte sich immer wieder, falls der Feind tatsächlich vorhanden war, dann hätten sie sich inzwischen längst zu erkennen gegeben. Dann wieder gelangte er zu der bitteren Erkenntnis, daß eben genau dieses anhaltende Schweigen und die absolute

Stille des Alls für eine Falle sprachen und Lucky in Gefangenschaft geraten war.

Er legte Luckys Privatkapsel vor sich und fragte sich, was sie wohl enthalten mochte. Wenn es doch nur eine Möglichkeit gäbe, das Ding aufzubrechen und die dünne Mikrofilmspule zu lesen. Wenn ihm das gelang, konnte er eine Meldung zur Ceres absetzen, und sobald das erledigt war, stünde es ihm frei, mit Karacho auf den Asteroiden herabzudonnern. Er würde sie alle in Fetzen schießen und Lucky aus dem Dreck ziehen, egal, in was für Schwierigkeiten sich sein Partner auch befinden mochte.

Aber das ging nicht! Erstens wagte er nicht auf Sub-Äther zu gehen. Die Piraten konnten zwar seinen Code nicht entschlüsseln, das war klar, aber sie würden den Funkstrahl orten, und ihm war befohlen worden, die Position des Schiffes nicht preiszugeben.

Außerdem war es zwecklos, sich über das Öffnen einer Privatkapsel überhaupt Gedanken zu machen. Ein Solarhochofen konnte das Ding zum Schmelzen bringen und es zerstören, ein Atomschlag reichte, um sie zu vernichten; aber nichts auf der Welt war in der Lage, die Kapsel zu öffnen, außer der Person, auf die sie abgestimmt war.

Über die Hälfte der zwölf Stunden war verstrichen, als urplötzlich die Gravitationssensoren losschrillten.

Bigman riß sich aus seinen nutzlosen Tagträumereien und blickte wie gebannt auf das Ergometer. Die Signalimpulse mehrerer Schiffe verschmolzen zu komplizierten Kurvenmustern, die sich schlangengleich von einer Konstellation in die nächste verwandelten.

Der Schutzschild der *Shooting Starr* hatte die ganze Zeit über in ausreichender Stärke vor sich hin geglimmt, um den üblichen ›Schutt‹ (so nannte man in der Weltraumfahrt Meteoriten von einem Zoll oder noch weniger Durchmesser) abhalten zu können, und sprang jetzt auf volle Stärke. Bigman vernahm, wie das sanfte Schnurren der Kraftanlage zu einem Kreischen anschwoll. Er ließ die Nahdistanz-Sichtgeräte eins nach dem anderen aufflackern.

Ihm schwirrte der Kopf. Die Schiffe stiegen von der Oberfläche des Asteroiden auf, sonst waren nirgendwo welche zu entdecken. Also mußten sie Lucky geschnappt haben, wahrscheinlich war er tot. Es war ihm gleichgültig, wie viele da auf ihn zukamen. Er würde sie alle erwischen, jedes einzelne.

Er riß sich zusammen. Der erste Sonnenstrahl wurde von einem der Sichtgeräte aufgefangen. Er richtete das Fadenkreuz auf ein Ziel. Dann drückte er auf einen Schalter, der wie eine Klaviertaste aussah, und das Piratenschiff glühte, von einer unsichtbaren Energiesalve getroffen, auf.

Das Glühen kam nicht durch eine Einwirkung auf den Rumpf, sondern durch die Energieabsorption des Abwehrschildes des feindlichen Schiffes zustande. Das Glühen wurde heller und heller. Als der Feind sich zur Flucht wandte und die Entfernung zwischen ihnen vergrößerte, nahm der Lichtschein wieder ab.

Ein zweites und drittes Schiff tauchten auf. Ein Projektil bewegte sich auf die *Shooting Starr* zu. Im leeren Weltraum gab es keinen Blitz, es verursachte auch kein Geräusch, aber die Sonne beleuchtete es, und es sah wie ein kleiner Lichtfleck aus. Im Sichtgerät wurde es zu einem kleinen Kreis, wuchs dann zusehends, um dann schließlich aus dem Bildschirmausschnitt zu verschwinden.

Bigman hätte ausweichen, die *Shooter* aus der Schußbahn flitzen lassen können, aber er dachte sich,

»laß' es ruhig einschlagen«. Er wollte, daß sie merkten, worauf sie sich eingelassen hatten. Die *Shooter* sah vielleicht wie ein Spielzeug für Reiche aus, aber mit ein paar Schleudern würden sie sein Schiff nicht außer Gefecht setzen können.

Das Projektil schlug ein und kam an dem Absorberschild der *Shooting Starr* träge zum Stillstand. Bigman war klar, daß sein Schutzschild für den Bruchteil einer Sekunde aufgeblitzt haben mußte. Das Schiff selbst schwankte sanft, als es dem Teil der Aufprallwucht, der durch den Schutzschild gedrungen war, ausgesetzt wurde.

»Das wollen wir denen jetzt mal heimzahlen«, murmelte Bigman vor sich hin. Die *Shooting Starr* hatte keine Projektile, Sprenggranaten oder dergleichen, aber dafür war sie mit einer Batterie unterschiedlicher und zudem starker Energiewerfer bestückt. Seine Hand schwebte über den Blasterknöpfen, da sah er auf dem Sichtgerät etwas, was sein kleines entschlossenes Gesicht in eine finstere Miene verwandelte. Der Gegenstand sah wie ein Mann in einem Raumanzug aus.

Es ließ sich nicht von der Hand weisen, daß ein Mann in einem Raumanzug einem Schiff gefährlicher werden konnte, als es die besten Waffen eines anderen Raumschiffes je vermochten. Ein feindliches Schiff kann man mit Schwerkraftsensoren spielend leicht orten, selbst wenn es meilenweit von einem entfernt war, mit Ergometern ließ sich das sogar über Tausende von Meilen bewerkstelligen. Ein einzelner Mann in einem Raumanzug dagegen ist mit Schwerkraftsensoren nur auf hundert Meter feststellbar, Ergometer können gar nichts ausrichten.

Ein Absorberschild verhielt sich um so effektiver, je größer die Geschwindigkeit des Projektils war. Riesige, mit enormer Geschwindigkeit heransausende Metallbrocken konnten wie nichts zum Stillstand gebracht werden. Ein einzelner Mann hingegen, der mit ungefähr zehn Kilometern pro Stunde einherschwebte, wurde von der Existenz eines solchen Absorberschildes überhaupt nicht beeinflußt, sah man einmal davon ab, daß sich sein Anzug minimal aufheizte.

Wenn man ein Dutzend Männer gleichzeitg gegen ein Schiff vorgehen ließ, mußte die Besatzung ihr Handwerk schon verstehen, um alle Angreifer zu erledigen. Es reichte völlig, wenn zwei oder drei nahe genug herankamen und es ihnen gelang, mit den Handwaffen die Schleuse aufzuschmelzen, in dem Falle war das betreffende Schiff ernsthaft angeschlagen.

Und jetzt sah Bigman hier ein kleines Pünktchen, das sich als die Vorhut eines solchen Selbstmördertrupps entpuppen konnte. Er richtete eines der Nebengeschütze. Der einsame Mann tauchte mitten im Fadenkreuz auf, Bigman stand gerade im Begriff abzudrücken, da fing sein Helmempfänger plötzlich zu summen an. Im ersten Augenblick war er überrascht. Die Piraten hatten ohne Vorwarnung angegriffen und hatten nicht versucht, sich mit ihm in Verbindung zu setzen, ihn zur Übergabe aufzufordern oder Verhandlungen anzubieten oder dergleichen.

Er zögerte, und dann wurde das Geräusch zu einem Wort: »Bigman … Bigman … Bigman …«

Bigman sprang auf und vergaß für einen Augenblick den Mann im Raumanzug, die Piraten, die Schlacht eben einfach alles. »Lucky! Bist du das?«

»Bin nahe beim Schiff … Raumanzug … Luft … fast aufgebraucht.«

»Heilige Milchstraße!« Weiß wie eine Wand manövrierte Bigman die *Shooting Starr* näher an die Gestalt im All heran, die Gestalt, die er beinahe vernichtet hätte.

*

Bigman schaute Lucky ins Gesicht. Sein Freund hatte den Helm abgenommen und schnappte wie ein Fisch auf dem Trockenen nach Luft. »Am besten legst du dich etwas hin, Lucky.«

»Später vielleicht«, antwortete Lucky. Er kletterte aus seinem Anzug. »Haben sie schon angegriffen.«

Bigman nickte bestätigend. »Macht aber nichts, an der alten *Shooter* beißen sie sich die Zähne aus.«

»Die haben bessere Zähne, als sie uns bisher gezeigt haben«, meinte Lucky. »Wir müssen sehen, daß wir hier wegkommen und das ein bißchen plötzlich. Die werden ihre schweren Schiffe herschicken und selbst unsere Energiereserven reichen nicht bis in alle Ewigkeit.«

»Wo sollen die denn die schweren Schiffe herzaubern?«

»Das da unten ist ein großer Stützpunkt, vielleicht sogar *die* Base überhaupt, wer weiß!«

»Willst du etwa behaupten, das da unten sei gar nicht der Felsen des Einsiedlers.«

»Ich meine bloß, daß wir verschwinden müssen.«

Lucky übernahm die Steuerung, sein Gesicht war immer noch ganz bleich, kein Wunder nach dem, was er durchgemacht hatte. Zum ersten Mal bewegte sich der Felsen auf dem Bildschirm, selbst als der Angriff stattfand, hatte Bigman befehlsgemäß seine Position eingehalten.

Der Felsen wurde zusehends größer.

Bigman protestierte. »Wenn wir machen müssen,

daß wir hier wegkommen, warum landen wir denn dann?«

»Wir landen ja gar nicht.« Lucky schaute unverwandt auf den Bildschirm, während er mit einer Hand die schwere Strahlenkanone der *Shooting Starr* gefechtsklar machte. Er stellte die Feuerkraft der Waffe so ein, daß der Strahl auch wirklich eine große Fläche abdeckte, dabei aber nur die Energieintensität eines gewöhnlichen Hitzestrahles hatte.

Aus Gründen, die Bigman sich nicht erklären konnte, wartete er, dann drückte er ab. Ein blendender Lichtschein hüllte die Oberfläche des Asteroiden ein, eine Minute lang glühte sie rot auf, dann versank alles in völlige Finsternis.

»Und jetzt nichts wie weg«, sagte Lucky, und während von unten ein neues Geschwader aufstieg, nahm die Beschleunigung zu.

Eine halbe Stunde später, den Asteroiden hatten sie weit hinter sich gelassen, alle Abfangschiffe waren abgehängt, sagte Lucky: »Jetzt will ich mit Ceres sprechen, gib' mir Conway.«

»Okay, Lucky. Ich habe übrigens die Koordinaten des Asteroiden. Soll ich sie durchgeben? Wir können eine Flotte hinschicken und ...«

»Das würde nichts nützen«, meinte Lucky. »Ist auch gar nicht notwendig.«

Bigman riß die Augen erstaunt auf. »Du willst doch nicht etwa behaupten, du hättest den Felsen mit einem einzigen Schuß zerstört?«

»Natürlich nicht. Ich hab' ihn kaum angekratzt. Hast du Ceres?«

»Ich habe Schwierigkeiten«, erwiderte Bigman mit einem beleidigten Unterton in der Stimme. Er wußte, daß Lucky jetzt seine schweigsame Tour hatte und kein Sterbenswörtchen verraten würde. »Warte, ja, hier sind sie, he, was ist denn das ... Sie geben generellen Vollalarm!«

Das bedurfte keiner weiteren Erklärung. Die Durchsage war klar verständlich und nicht verschlüsselt. »An alle Flottenverbände außerhalb der Marsbahn! Ceres wird von feindlichen Streitkräften angegriffen, es handelt sich vermutlich um Piraten ... an alle Flottenverbände ...«

»Heilige Milchstraße!« entfuhr es Bigman.

»Was wir auch unternehmen, sie sind uns immer einen Schritt voraus«, sagte Lucky gepreßt durch die Zähne. »Wir müssen machen, daß wir zurückkommen! So schnell wie möglich!«

XIII
ATTACKE!

Die Schiffe kamen in tadelloser Formation aus der Tiefe des Weltraumes. Eine komplette Staffel griff das Observatorium direkt an. Wie nicht anders zu erwarten, konzentrierten sich die Verteidigungskräfte von Ceres auf diesen Punkt.

Der Angriff wurde nicht mit vollem Einsatz geflogen. Ein Schiff nach dem anderen ging im Sturzflug runter und feuerte Energiestrahlen gegen den augenscheinlich undurchdringlichen Absorberschild. Keiner der Angreifer unternahm den riskanten Versuch, die unterirdischen Kraftwerke, deren Standort ihnen offensichtlich bekannt war, unter Beschuß zu nehmen. Die Regierungsschiffe stiegen auf, und die Bodenbatterien eröffneten das Feuer. Am Ende wurden zwei Piratenschiffe zestört, als ihre Absorberschilde zusammenbrachen. Sie verglühten wie Fackeln. In der anschließenden Verfolgungsaktion wurde beinahe noch ein weiteres Schiff, dessen Energievorrat fast vollständig aufgezehrt war, genommen. Im letzten Augenblick wurde es – wahrscheinlich von der eigenen Besatzung – in die Luft gejagt.

Selbst während des Angriffs vermuteten einige der Verteidiger, daß es sich um ein Täuschungsmanöver handeln würde. Später wußten sie es natürlich mit Gewißheit. Während das Observatorium unter Beschuß geriet, landeten etwa hundert Meilen entfernt drei Schiffe auf dem Asteroiden. Die Piraten gingen von Bord und griffen mit Handwaffen und tragbaren Strahlenkanonen die Schleusen des Wohnbezirkes an. Die Angreifer fuhren auf pfeilschnellen »Raumschlitten«.

Die Schleusen hielten dem Beschuß nicht lange stand, und bald schwärmten Piraten in Raumanzügen durch die Korridore, aus denen die Atmosphäre rasch entwich. Auf den oberen Korridoren befanden sich Fabriken und Büroräume, deren Personal beim ersten Alarm evakuiert worden war. An ihre Stelle waren Mitglieder der örtlichen Milizeinheiten getreten. Sie trugen Raumanzüge und leisteten tapfer Widerstand, waren den Kommandoeinheiten der Piraten aber nicht gewachsen.

In der Tiefe des Asteroiden, wo sich die beschaulichen Wohnräume von Ceres befanden, hallten die Gänge vom Kampflärm wieder. Hilferufe wurden abgesetzt. Und dann, ebenso schnell wie sie gekommen waren, zogen sich die Piraten wieder zurück.

Nach ihrem Verschwinden zogen die Bewohner von Ceres Bilanz. Es hatte fünfzehn Tote gegeben, und es kamen noch viele Verletzte hinzu – dem standen fünf tote Piraten gegenüber. Der Sachschaden war beträchtlich.

»Und ein Mann fehlt«, erklärte Conway Lucky

wütend, als dieser später dazukam. »Allerdings steht er nicht auf der Einwohnerliste. So konnten wir seinen Namen aus dem Bericht heraushalten.«

*

Nach dem Angriff war Ceres der Mittelpunkt einer fast hysterisch zu nennenden Aufregung, so kam es Lucky, nachdem er gelandet war, jedenfalls vor. Es war der erste Feindangriff auf eines der wichtigen terrestrischen Zentren seit über zwanzig Jahren gewesen. Bevor er die Landeerlaubnis erhalten hatte, mußte er drei Kontrollen über sich ergehen lassen.

Er saß zusammen mit Conway und Henree im Büro des Wissenschaftsrates und sagte bitter: »Hansen ist also verschwunden? Das ist es also, worauf es hinausläuft.«

»Eins muß ich dem alten Einsiedler lassen«, bemerkte Henree, »Mut hat er. Als die Piraten durchgebrochen waren, bestand er darauf, einen Raumanzug und einen Blaster zu bekommen und mit der Miliz zusammen hochzugehen.«

»An Milizleuten bestand doch kein Mangel«, sagte Lucky. »Wenn er unten geblieben wäre, hätte er uns damit einen viel größeren Dienst erwiesen. Warum habt ihr ihn nicht daran gehindert? Konnte jemandem wie ihm unter den gegebenen Umständen denn gestattet werden, etwas derartiges zu tun?« In Luckys normalerweise beherrschter Stimme schwang eine gehörige Portion Unmut mit.

»Wir waren nicht bei ihm«, erwiderte Conway ungeduldig. »Der Posten, den wir für ihn abgestellt hatten, mußte sich zum Milizdienst melden. Hansen bestand darauf mitzukommen, und der Posten gelangte zu der Ansicht, daß er auf diese Weise zwei Fliegen mit einer Klappe schlagen könne, nämlich gleichzeitig gegen die Piraten kämpfen und dabei den Einsiedler bewachen zu können.«

»Er hat den Einsiedler aber nicht bewacht.«

»Das kann man dem Mann unter den gegebenen Umständen wohl kaum anlasten. Das letzte, was der Posten von Hansen sah, war, wie er einen Piraten angegriffen hat. Dann war auf einmal nichts mehr von ihm zu sehen, und die Piraten traten den Rückzug an. Hansens Leiche ist nicht gefunden worden, die Piraten müssen ihn also lebend oder tot mitgenommen haben.«

»Bestimmt«, sagte Lucky. »Aber jetzt laßt euch mal etwas gesagt sein. Ich will euch mal genau verdeutlichen, was für einen Bock wir da geschossen haben. Ich bin fest davon überzeugt, daß der ganze Angriff nur ein Ziel hatte, nämlich Hansen zu kapern.«

Henree griff nach seiner Pfeife. »Weißt du, Hector«, meinte er, zu Conway gewandt, »ich bin fast geneigt, Lucky hierin recht zu geben. Der Angriff auf das Observatorium war zu schlecht geflogen, er diente offensichtlich nur dazu, uns abzulenken. Das einzige, was sie erreicht haben, ist, Hansen in ihre Gewalt zu bekommen.«

Conway schnaubte verächtlich. »Aber eine undichte Stelle ist es doch nicht wert, dreißig Schiffe aufs Spiel zu setzen.«

»Das ist es ja gerade«, sagte Lucky hitzig. »Im Augenblick kann das doch sehr wohl der Fall sein. Ich habe euch doch von dem Asteroiden berichtet, auf dem ich gewesen bin, diese Art von Großfabrik. Mal angenommen, die sind fast so weit, den entscheidenden Schlag zu führen? Vielleicht kennt Hansen das genaue Datum? Vielleicht weiß er, wie die Sache ablaufen soll?«

»Warum hat er es uns dann nicht gesagt?« hakte Conway nach.

»Vielleicht«, gab Henree zu bedenken, »vielleicht hat er mit seinem Wissen hinter dem Berg gehalten, um sich damit Straflosigkeit zu erkaufen. Du mußt doch zugeben, Hector, daß unter diesen Voraussetzungen jede Zahl von Schiffen das Risiko wert ist. Und du mußt ebenfalls zugeben, daß Lucky vermutlich recht hat, wenn er meint, daß die Piraten kurz davor sind, den großen Wurf zu riskieren.«

Lucky blickte scharf von einem zu anderen. »Warum sagst du das, Onkel Gus? Was ist passiert?«

»Sag' du es ihm, Hector«, kam es von Henree.

»Warum sollten wir ihm überhaupt etwas sagen«, knurrte Conway. »Ich habe seine Einzelaktionen langsam satt. Er würde bestimmt zum Ganymed fliegen wollen.«

»Was gibt es denn auf Ganymed?« erkundigte sich Lucky sachlich. Soweit ihm bekannt war, spielte sich auf Ganymed nichts ab, was für irgend jemanden von Interesse sein könnte. Es war der größte Jupitermond, aber gerade die Nähe des Jupiters erschwerte Raumschiffen das Manövrieren so sehr, daß sich Raumfahrt in seiner Nähe nicht lohnte.

»Nun sag es ihm schon!« drängte Henree.

»Gut«, sagte Conway schließlich resignierend. »Die Sache sieht so aus: Wir wußten schon, daß Hansen ein wichtiger Mann ist. Der Grund, weswegen wir ihn nicht schärfer bewacht haben und nicht persönlich anwesend waren, ist folgender: zwei Stunden vor dem Piratenangriff kam eine Meldung vom Wissenschaftsrat herein, die besagte, daß es Anzeichen für die Tatsache gibt, daß auf Ganymed sirianische Einheiten gelandet sind.«

»Was für Anzeichen?«

»Gebündelte Subäthersignale sind abgehört worden. Das Ganze ist eine lange Geschichte, aber der Kern der Sache besteht darin, daß mehr durch Zufall einige Codefetzen aufgefangen wurden. Die Spezialisten sind der Meinung, es handele sich um einen sirianischen Code, auf Ganymed gibt es keine terrestrischen Einrichtungen, die in der Lage wären, ein derartig kompaktes Signalbündel zu senden. Als die Piraten angriffen, wollten Gus und ich gerade mit Hansen zur Erde fliegen, das ist alles. Das ist auch nach wie vor unsere Absicht. Jetzt, wo die Sirianer mitmischen, könnte es jederzeit zum Krieg kommen.«

»Verstehe«, sagte Lucky, »aber bevor wir uns auf den Weg zur Erde machen, möchte ich noch gerne eine Sache nachprüfen. Haben wir Filmaufzeichnungen von dem Piratenangriff? Man kann wohl nicht davon ausgehen, daß die Verteidigungssysteme auf Ceres in einem derartig desorganisierten Zustand waren, daß keine Aufnahmen zustande gekommen sind, oder?«

»Die Filme sind vorhanden. Inwiefern versprichst du dir etwas davon?«

»Das sag' ich dir, wenn ich sie mir angesehen habe.«

*

Ranghohe Flottenoffiziere projizierten die streng geheimen Filme des Angriffs, der später als »Ceres-Scharmützel« in die Geschichte eingehen sollte.

»Siebenundzwanzig Schiffe haben das Observatorium angegriffen. Stimmt das?« erkundigte sich Lucky.

»Ja«, erwiderte einer der Kommandeure. »Genau siebenundzwanzig.«

»Schön, und jetzt wollen wir mal sehen, ob ich das übrige auch richtig mitbekommen habe. Zwei der Piratenschiffe wurden während des Angriffs und eines bei der anschließenden Verfolgung abgeschossen. Die anderen vierundzwanzig sind entkommen, aber Sie haben eine oder mehrere Aufnahmen von jedem während der Flucht.«

Der Kommodore konnte sich ein Lächeln nicht verkneifen. »Wenn Sie etwa sagen wollen, daß irgendwelche Schiffe auf Ceres gelandet sind und sich immer noch hier verborgen halten, dann irren Sie sich.«

»Was diese siebenundzwanzig Schiffe angeht, mögen Sie vielleicht recht haben. Aber drei Schiffe sind auf Ceres gelandet, und ihre Besatzungen haben die Massey-Luftschleuse angegriffen. Wo sind die Aufnahmen davon?«

»Unglücklicherweise gibt es von denen keine Bilder«, mußte der Kommodore mit unbehaglichem Gesichtsausdruck zugeben. »Da sind wir übertölpelt worden. Aber vom Rückzug dieser drei Schiffe haben wir ebenfalls Aufnahmen, die haben Sie gesehen.«

»Das haben Sie, aber auf dem Film waren nur zwei Schiffe zu sehen. Die Augenzeugen haben berichtet, daß drei Schiffe gelandet sind.«

»Drei sind aufgestiegen und haben sich zurückgezogen«, sagte der Kommodore steif.

»Aber Sie haben nur von zweien Bilder?«

»Nun ... ja.«

»Ich danke Ihnen.«

Wieder im Büro, meinte Conway: »Und was soll das nun wieder heißen, Lucky?«

»Ich dachte, Captain Antons Schiff wäre vielleicht an einer aufschlußreichen Stelle gewesen. Der Film beweist, daß dem so war.«

»Und wo hat es gesteckt?«

»Nirgends. Das ist es ja gerade, was es so interessant macht. Sein Schiff ist das einzige, das ich auf Anhieb wiedererkennen würde, aber an dem Überfall war kein Schiff beteiligt, das auch nur im entferntesten so ausgesehen hat. Das ist seltsam, denn Anton muß einer ihrer besten Leute sein, sonst hätte man ihm den *Atlas*-auftrag nicht gegeben. Eine andere Erklärung ergibt keinen Sinn, wenn es stimmt, daß Ceres von dreißig Schiffen angegriffen worden ist und wir nur Bildmaterial von neunundzwanzig haben. Das fehlende dreißigste Schiff war Antons!«

»Soweit kann ich noch selber rechnen«, bemerkte Conway trocken. »Aber was soll das?«

Lucky lächelte. »Der Angriff auf das Observatorium war ein Ablenkungsmanöver. Das räumen inzwischen sogar unsere Abfangschiffe ein. Die drei Schiffe, die den Angriff gegen die Schleuse geführt haben, sind die wichtigen, sie müssen Anton unterstanden haben. Zwei von ihnen haben sich später bei der Flucht dem restlichen Geschwader angeschlossen, ein Ablenkungsmanöver im Ablenkungsmanöver könnte man das nennen. Das dritte Schiff, Antons eigenes, das einzige, das wir nicht gesehen haben, hat dann mit der Hauptaufgabe weitergemacht. Es ist auf einer völlig anderen Flugbahn verschwunden. Beobachter haben es abheben sehen, aber dann hat es derartig stark die Richtung geändert, daß unsere eigenen Schiffe es bei ihrer stürmischen Verfolgung der feindlichen Hauptmacht noch nicht einmal vor die Kameras bekommen haben.«

»Du wirst uns jetzt gleich sagen, daß es in Richtung Ganymed gedüst ist«, bemerkte Conway mißmutig.

»Ist denn ein anderer Schluß überhaupt zulässig? Wie gut sie auch organisiert sein mögen, die Erde und ihre Kolonien können die Piraten nicht aus eigener Kraft angreifen. Aber sie können eine falsche Fährte legen, genug terrestrische Schiffe binden, die den endlosen Asteroidengürtel entlangpatroullieren, so daß die Sirianer in der Lage sind, unsere Restverbände zu vernichten. Andererseits können die Sirianer nicht gut in acht Lichtjahren Entfernung von ihrem eigenen System einen Krieg vom Zaun brechen, es sei denn, sie erhalten von seiten der Asteroiden Unterstützung. Schließlich machen acht Lichtjahre acht Trillionen Kilometer aus. Antons Schiff rast jetzt zum Ganymed, um den Sirianern zu versichern, daß diese Hilfe kommen wird und gleichzeitig das Stichwort für den Kriegsbeginn zu geben. Natürlich ohne Vorwarnung, versteht sich.«

»Wären wir doch nur eher über ihre Ganymed-Base gestolpert«, murmelte Conway.

»Ohne die beiden Ausflüge ins Asteroidengebiet von Lucky hätten wir selbst mit Informationen über Ganymed nichts über den Ernst der Lage gewußt«, gab Henree zu bedenken.

»Ich weiß. Ich muß mich bei dir entschuldigen, Lucky. Aber jetzt haben wir nur noch herzlich wenig Zeit, um etwas zu unternehmen. Wir müssen sofort im Zentrum zuschlagen. Ein Geschwader muß zu den Asteroiden, von dem Lucky uns erzählt hat …«

»Nein«, sagte Lucky, »das bringt nichts.«

»Und warum nicht, wenn ich fragen darf?«

»Wir wollen doch keinen Krieg anfangen, selbst wenn wir ihn gewinnen sollten. Das haben die doch vor. Sieh mal, Onkel Hector, der Pirat, dieser Dingo, hätte mich auf dem Asteroiden niederstrahlen können. Statt dessen hatte er Befehl, mich ins All treiben zu lassen. Eine Zeitlang war ich der Ansicht, das sei deshalb geschehen, um meinen Tod wie einen Unfall aussehen zu lassen. Inzwischen bin ich davon überzeugt, daß sie es darauf angelegt hatten, den Wissenschaftsrat wütend zu machen. Sie wollten laut ausposaunen, daß sie ein Ratsmitglied umgebracht haben, statt damit hinter dem Berg zu halten und wollten uns so zu einem verfrühten Angriff verleiten.

Eines der Motive für das ›Ceres-Scharmützel‹ war vielleicht, noch eine zusätzliche Provokation zu schaffen.«

»Und wenn wir den Krieg mit einer siegreichen Schlacht beginnen?«

»Hier, auf dieser Seite der Sonne? Und die Erde lassen wir dann auf der anderen Sonnenseite ohne wichtige Teile der Flotte allein sehen, wie sie fertig wird, wie? Während derweil sirianische Schiffe ebenfalls auf der anderen Sonnenseite lauern? Ich könnte mir vorstellen, daß wir für unseren Sieg teuer bezahlen müßten. Am besten fahren wir, wenn wir keinen Krieg anfangen, sondern einen verhindern.«

»Aber wie?«

»Bis Antons Schiff Ganymed erreicht hat, wird sich nichts tun. Mal angenommen, wir fangen ihn ab und verhindern das Treffen?«

»Die Chancen, ihn abzufangen, sind minimal«, gab Conway zu bedenken.

»Nicht, wenn ich das mache. Die *Shooting Starr* ist schneller und verfügt über bessere Ergometer als sämtliche Schiffe der Flotte.«

»Wenn du das machst?« rief Conway.

»Flottenverbände zu schicken wäre zu gefährlich. Die Sirianer auf Ganymed wären nicht sicher, ob es sich dabei nicht doch um einen Angriff auf sie handelt. Sie wären gezwungen, Gegenmaßnahmen zu ergreifen, und das würde bedeuten, daß wir genau in den Krieg geschlittert wären, den wir gerade vermeiden wollen. Die *Shooting Starr* würde einen harmlosen Eindruck auf sie machen. Ein einzelnes Schiff, da würden sie nichts unternehmen.«

»Du bist übereifrig, Lucky«, sagte Henree. »Anton hat zwölf Stunden Vorsprung. Das kann selbst die *Shooting Starr* nicht aufholen.«

»Du irrst dich. Sie kann es wohl. Und wenn ich sie erst einmal geschnappt habe, denke ich, daß ich die Asteroiden zur Kapitulation zwingen kann. Ohne sie werden die Sirianer nicht angreifen, also wird es auch keinen Krieg geben, Onkel Gus.«

Sie starrten ihn an.

»Ich bin schon zweimal zurückgekommen«, setzte Lucky ernst hinzu.

»Das war jedesmal ein kleines Wunder«, knurrte Conway.

»Die beiden Male wußte ich nicht, worauf ich mich eingelassen hatte. Ich mußte mich jedesmal erst vortasten. Diesmal weiß ich Bescheid. Ich weiß hundertprozentig Bescheid. Hört mal, ich lasse jetzt die *Shooting Starr* warmlaufen, und währenddessen kümmere ich mich beim Observatorium um die notwendigen Startformalitäten. Ihr zwei hängt euch an den Sub-Äther und versucht den Koordinator auf der Erde ...«

»Laß das mal meine Sorge sein, Bürschchen, ich habe schon Politik betrieben, da warst du noch gar nicht auf der Welt«, winkte Conway ab. »Und, Lukky, du wirst doch auch gut auf dich selbst aufpassen, versprichst du mir das?«

»Tue ich das nicht immer, sagt selber, Onkel Gus? Onkel Hector?«

Er schüttelte ihnen freundlich die Hände, dann war er aus dem Raum verschwunden.

*

Bigman stapfte ungehalten durch den Ceresstaub.

»Ich habe meinen Anzug schon an, bin fix und fertig«, sagte er.

»Du kannst leider nicht mit, Bigman«, antwortete Lucky. »Tut mir leid.«

»Aber warum denn nicht?«

»Weil ich eine Abkürzung fliegen werde, um zum Ganymed zu kommen.«

»Na und? Was für eine Abkürzung meinst du überhaupt?«

Lucky lächelte gequält. »Quer durch die Sonne, wenn du es genau wissen willst!«

Er ging auf die Startbahn hinaus, wo die *Shooting Starr* schon auf ihn wartete, und ließ Bigman mit offenem Mund stehen.

XIV
DURCH DIE SONNE ZUM GANYMED

Eine dreidimensionale Karte des Sonnensystems würde wie ein ziemlich flacher Teller aussehen, mit der Sonne, dem beherrschenden Gestirn in der Mitte. Sie ist *wirklich* beherrschend, denn in ihr sind 99,8 Prozent der gesamten Materie des Sonnensystems konzentriert. Mit anderen Worten, sie wiegt fünfhundertmal soviel wie alles andere im Sonnensystem zusammengenommen.

Die Planeten umkreisen die Sonne. Alle kreisen in beinahe derselben Ebene, und diese Ebene nennt man Ekliptik. Auf Reisen von einem Planeten zum anderen folgen die Raumschiffe gewöhnlich der Ekliptik. Dabei bleiben sie im Bereich der Subätherstrahlen der planetarischen Radioverbindungen und können auf dem Weg zu ihrem Ziel bequem Zwischenaufenthalte einlegen. Manchmal, wenn es ein Schiff besonders eilig hat oder nicht entdeckt werden möchte, weicht es von der Ekliptik ab, vor allem dann, wenn es auf Kurs zur anderen Seite der Sonne ist.

Das, dachte Lucky, könnte auch Antons Absicht sein. Antons Schiff würde sich dann vom ›Teller‹, der das Sonnensystem darstellte, erheben, einen gewaltigen Bogen über die Sonne hinaus schlagen und sich dann auf der anderen Seite in der Nähe von Ganymed wieder auf den ›Teller‹ herabsenken. Zweifellos war Anton in diese Richtung gestartet, denn sonst hätten die Verteidigungsstreitkräfte von Ceres ihn ja filmen können. Für Menschen war es beinahe eine Selbstverständlichkeit, zuerst einmal alle raumnautischen Messungen entlang der Ekliptik anzustellen. Und bis man auf den Gedanken gekommen war, auch andere Sektoren des Weltalls unter die Lupe zu nehmen, war Anton bestimmt schon zu weit entfernt, um noch entdeckt zu werden.

Aber, ließ sich Lucky durch den Kopf gehen, vermutlich würde Anton die Ekliptik nicht auf Dauer verlassen. Anfänglich hatte er es vielleicht darauf angelegt, daß dieser Eindruck aufkam, aber er würde wieder eintauchen. Eine solche Taktik brachte viele Vorteile mit sich. Der Asteroidengürtel erstreckte sich rings um die Sonne, und zwar dergestalt, daß sich die Felsbrocken gleichmäßig über die gesamte Kreisbahn verteilten. Wenn Anton im Gürtel blieb, konnte er ungefähr bis hundert Millionen Kilometer vor Ganymed zwischen den Asteroiden bleiben. Die terrestrische Regierung hatte praktisch die Regierungsgewalt über die Asteroiden aufgegeben, und wenn man einmal von den Routen zu den vier großen Felsen absah, drangen Regierungsschiffe nie in dieses Gebiet vor.

Und sollte das doch einmal geschehen, dann war Anton immer in der Lage, von einer der nahegelegenen Asteroidenbasen Verstärkung herbeizuholen.

Ja, Anton würde im Asteroidengürtel bleiben, sagte Lucky sich. Zum Teil, weil er davon überzeugt war und teils, weil er eigene Pläne verfolgte, hob Lucky die *Shooting Starr* in einem flachen Bogen aus der Ekliptik.

Die Sonne war der Schlüssel zu allem. Sie war der Schlüssel des gesamten Systems. Sie stellte so etwas wie eine Straßensperre und eine Umleitung für jeden Raumfahrer dar. Wollte ein Schiff von einer Seite des Systems zur anderen, war man gezwungen, der Sonne in einem weiten Bogen auszuweichen. Kein Passagierschiff kam näher als sechzig Millionen Meilen an sie heran, das entsprach in etwa der Entfernung Venus – Sonne. Selbst dann waren noch Kühlaggregate nötig, eine unabdingbare Notwendigkeit für die Bequemlichkeit der Passagiere.

Natürlich war es technisch möglich, Schiffe zu bauen, die sich für die Reise zum Merkur eigneten, jenem Planeten, dessen Distanz von der Sonne zwischen neunundsechzig und fünfundvierzig Millionen Kilometer schwankte, je nach Umlaufbahn. Man landete gewöhnlich dann, wenn der Planet seine sonnenfernste Stellung bezogen hatte. Bei weniger als dreißig Millionen Meilen schmolzen bereits verschiedene Metalle.

Trotzdem wurden manchmal Spezialschiffe zur Sonnenbeobachtung gebaut. Die Hüllen solcher Schiffe wurden dann von einem starken elektrischen Feld durchdrungen, das ein Phänomen hervorrief, das man »Pseudoverflüssigung« nannte, dabei handelte es sich um eine Veränderung der Moleküle der äußeren Haut, die zu einer beinahe totalen Hitzereflektion führte, so daß nur ein ganz geringer Teil der Solarstrahlung ins Schiffsinnere drang. Von außen glichen solche Schiffe richtigen Spiegeln. Dennoch drang genug Hitze ein, um die Temperatur im Inneren der Schiffe über den Siedepunkt von Wasser klettern zu lassen, obwohl die Entfernung zur Sonne immer noch fünf Millionen Meilen betrug, und dabei handelte es sich bereits um den nächsten je verzeichneten Abstand. Selbst wenn es Menschen möglich war, derartige Temperaturen zu überleben, waren sie noch lange nicht im Stande, die Kurzwellenstrahlung, die auf diese Entfernung aus der Sonne flutete und in das Schiff eindrang, zu überstehen. Diese Strahlen konnten jede Form des Lebens in Sekundenschnelle töten.

Im vorliegenden Fall lag der Nachteil der Sonnenposition für die Weltraumfahrt besonders deutlich auf der Hand, denn Ceres befand sich auf der einen Seite der Sonne, während Erde und Jupiter beinahe diametral entgegengesetzt auf der anderen Seite kreisten. Wenn man sich im Asteroidengürtel befand, betrug die Entfernung von Ceres zum Ganymed etwa eine Milliarde Meilen, Hätte man die Sonne außer acht lassen und quer durch das Sonnensystem fliegen können, würde die Gesamtdistanz nur etwa sechshundert Millionen Meilen betragen, was einer Ersparnis von ungefähr vierzig Prozent entsprochen hätte.

Lucky hatte vor, soviel wie möglich von dieser Ersparnis Gebrauch zu machen.

Er holte alles aus der *Shooting Starr* heraus und kam praktisch überhaupt nicht mehr aus seinem Gravitationsanzug heraus. Er trug ihn beim Essen und Schlafen und war ständig den Auswirkungen der Beschleunigungskräfte ausgesetzt. Er gestattete sich pro Stunde nicht mehr als fünfzehn Minuten Ruhe.

Er zog hoch über den Umlaufbahnen von Mars und Erde dahin, aber da gab es nichts zu beobachten, selbst wenn man das Schiffsteleskop zu Hilfe nahm. Die Erde befand sich auf der anderen Seite der Sonne, und der Mars stand augenblicklich beinahe in einem rechten Winkel zu seinem eigenen Kurs.

Die Sonne war bereits so groß, wie sie von der Erde aussah und er konnte sie nur durch extrem stark polarisierende Bildschirme betrachten. Es würde nicht mehr lange dauern, dann mußte man die stroboskopischen Zusatzeinrichten einschalten.

Die Radioaktivitätsanzeiger knatterten bereits ab und zu. Innerhalb der Erdumlaufbahn erreichte die Kurzwellenstrahlung sehr respektable Werte. Innerhalb der Venusbahn würde er besondere Sicherheitsvorkehrungen treffen müssen – zum Beispiel das Tragen eines bleibeschichteten Semiraumanzuges.

Was mich betrifft, dachte Lucky, so wird Blei nicht ausreichen, wenn ich noch näher an die Sonne herankomme, nichts Stoffliches würde als Schutz genügen.

Zum ersten Mal seit seinem Abenteuer auf dem Mars im letzten Jahr, holte Lucky aus einer an seiner Hüfte befestigten Spezialtasche das fadenscheinig aussehende, halbtransparente Objekt hervor, das ihm die Energiewesen auf dem Mars zum Geschenk gemacht hatten.

Er hatte es längst aufgegeben, darüber nachzudenken, nach welchem Prinzip das Ding funktionierte. Es war das Produkt einer Forschung, die bereits eine Million Jahre in voller Blüte gestanden hatte, bevor die Menschheit überhaupt an so etwas gedacht hatte, außerdem hatten die Marsbewohner dabei völlig andere Wege beschritten. Es war ihm ebenso unbegreiflich, wie ein Raumschiff einem Steinzeitmenschen unbegreiflich vorkommen mußte. Es war ganz und gar unmöglich, ein zweites Exemplar herzustellen, aber es funktionierte! Allein darauf kam es an!

Er zog es über den Kopf. Es schmiegte sich seinen Schädelkonturen an, als verfüge es über ein seltsames Eigenleben. Im gleichen Augenblick war er von einem Lichtschimmer umgeben. Sein ganzer Körper glitzerte, als wäre er über und über in Phosphor getaucht worden, das war auch der Grund dafür, weswegen Bigman »Glitzerschild« dazu sagte. Über seinem Gesicht wirkte es wie ein undurchsichtiges irisierendes Tuch, das seine Gesichtzüge vollständig verbarg, ohne daß es andererseits das einfallende Licht von seinen Augen abhielt.

Es handelte sich um einen Energieschild, den die Marsbewohner Luckys Bedürfnissen entsprechend angefertigt hatten. Das heißt, der Schild war für jede Art der Energie undurchdringlich, abgesehen von solcher, wie sie sein Körper brauchte. Dazu gehörte eine gewisse Menge Licht, das innerhalb des sichtbaren Spektrums lag, und ebenfalls ein bestimmtes Wärmequantum, damit er sich wohlfühlte. Gase diffundierten völlig problemlos, so daß Lucky ohne Schwierigkeiten atmen konnte, zudem wurden heiße Gase gleichzeitig abgekühlt.

Als Luckys Schiff die Venusumlaufbahn passiert hatte, immer noch mit Kurs auf die Sonne, behielt er den Energieschild ständig an. Der Nachteil war, daß er, solange er den Schild trug, weder essen noch trinken konnte, aber die ihm auferlegte Fastenzeit würde höchstens einen Tag währen.

Er schoß nun mit viel größerer Geschwindigkeit durch das All als je zuvor in seinem Leben. Neben der geschoßartigen Schubkraft der hyperatomaren Motoren machte sich jetzt auch noch die unvorstellbar große Anziehungskraft des gigantischen Schwerkraftfeldes der Sonne bemerkbar. Er legte im Augenblick mehrere Millionen Kilometer in der Stunde zurück.

Er schaltete das Elektrofeld ein, das die äußere Hülle des Schiffes in einen pseudoflüssigen Zustand versetzte, und war im stillen dankbar dafür, daß er beim Bau der *Shooting Starr* darauf bestanden hatte, diese Vorrichtung zu bekommen. Die Bimetallthermometer, die bereits Temperaturen von über vierzig Grad angezeigt hatten, begannen wieder langsam zu sinken. Die Bildschirme verdunkelten sich, als Metalljalousien sich vor das dicke Glassit schoben, um sie vor Schaden zu bewahren und ein Anschmelzen durch die Sonnenhitze zu verhindern.

Als er die Merkurbahn erreicht hatte, waren die Strahlenmeßgeräte völlig verrückt geworden. Das Knattern hörte nicht mehr auf. Lucky legte seine schimmernde Faust vor die Einfallfenster und der Krach legte sich. Bis hinunter zu den härtesten Gammastrahlen wurde die Strahlung, die das Schiff durchdrang und erfüllte, von der körperlosen Aura aufgehalten, die ihn umgab.

Die Temperatur, die inzwischen auf etwa fünfundzwanzig Grad Celsius gesunken war, stieg trotz der refklektierenden Spiegelaußenhaut der *Shooting Starr* wieder an. Sie kletterte auf über sechzig und zeigte weiter steigende Tendenz. Die Gravimeter wiesen aus, daß die Sonne nur noch zehn Millionen Meilen entfernt war.

Die Flüssigkeit in dem flachen Wassernapf, den Lucky auf den Tisch gestellt hatte und von dem während der letzten Stunde ständig Dampf aufgestiegen war, brodelte jetzt fröhlich vor sich hin. Das Thermometer überschritt den Siedepunkt.

Wie ein Windhund hetzte die *Shooting Starr* im Abstand von fünf Millionen Meilen an der Sonne vorbei. Näher würde sie ihr nicht kommen. Wenn man es recht betrachtete, so befand sich das Schiff bereits innerhalb des Einflußgebietes der flüchtigsten Sonnenatmosphäre, Korona genannt. Da die Sonne gänzlich aus Gasen bestand (allerdings handelt es sich dabei um Gase, die selbst unter extremsten Laborbedingungen auf der Erde nicht zu stabilisieren wären), besaß sie keine Oberfläche im eigentlichen Sinne, ihre »Atmosphäre« war sozusagen Teil der Sonnenmasse selbst. Indem Lucky also durch die Korona flog, durchquerte er in gewissem Sinne die Sonne, wie er es Bigman gesagt hatte.

Jetzt überkam ihn die Neugier. Kein Mensch war vor ihm der Sonne so nahe gewesen, und aller Wahrscheinlichkeit nach würde es auch nie wieder jemand wagen. Und falls doch, dann dürfte sich niemand unterstehen, ungeschützen Auges einen Blick direkt auf die Sonne zu riskieren. Auf diese Entfernung wäre selbst ein kurzes Aufblicken, der immensen Strahlung wegen, für einen Menschen augenblicklich tödlich.

Er aber trug den Energieschild vom Mars! Die Frage war, bot er gegen die Strahlung auf nur fünf Millionen Meilen Entfernung noch ausreichend Schutz? Sein Instinkt sagte ihm, daß er kein Risiko eingehen sollte, aber das Verlangen war übermächtig. Der Hauptbildschirm des Schiffes war mit einer stroboskopischen Wabenschaltung ausgestattet. Es war technisch möglich, vierundsechzig voneinander unabhängige Facetten nacheinander zu öffnen, die dann alle vier Sekunden jeweils für genau eine millionstel Sekunde den Blick auf die Sonne freigaben. Dem Auge (oder einer Kamerea), würde es so vorkommen, als ob der Blick ständig und durchgehend frei sei, in Wirklichkeit würde jede Glasfacette nur den viermillionsten Teil der Sonnenbestrahlung abbekommen. Aber selbst dann waren spezialangefertigte, beinahe blinde Linsen unumgänglich.

Luckys Finger bewegten sich unaufhaltsam, wie unter einem inneren Zwang, auf die Schaltkonsole zu. Der Gedanke, die Gelegenheit verstreichen zu lassen, war ihm unerträglich. Er benutzte die Gravimeter, um die Bildschirmstellung genauf auf die Sonne auszurichten.

Dann wandte er das Gesicht ab und schaltete ein. Eine Sekunde verging, dann noch eine weitere. Er bildete sich ein, daß es in seinem Genick wärmer wurde; halb und halb rechnete er damit, den Strahlentod zu sterben. Es geschah nichts.

Langsam drehte er sich um.

Den sich ihm bietenden Anblick würde er im Leben nicht mehr vergessen. Eine strahlende gleißende Fläche mit zahlreichen Falten und Runzeln darauf füllte den Bildschirm. Es war ein Teil der Sonne. In der Totalen konnte er die Sonne nicht sehen, das war ihm klar, aus dieser Entfernung war sie zwanzig Mal so groß wie von der Erde aus betrachtet und bedeckte vierhundert Mal so viel Himmelsfläche.

Auf dem Bildschirm waren ein paar Sonnenflecken zu erkennen, die sich schwarz vom hellen Hintergrund abhoben. Weißglühende Fasern schraubten sich spiralförmig hinein und verloren sich. Es gab turbulente Felder, die sich, während er hinsah, über den Bildschirm bewegten. Diese Bewegung war nicht auf die Eigenrotation der Sonne zurückzuführen, die selbst am ihrem Äquator nicht mehr als vierzehnhundert Meilen in der Stunde betrug, sondern lag an der enormen Geschwindigkeit der *Shooting Starr*.

Während er hinsah, stiegen ihm rote Feuerblumen aus brennendem Gas entgegen. Sie wirkten vor dem gleißenden Hintergrund richtiggehend dunkel und verwandelten sich in schwarze Schmauchpilze, als sie weit genug von der Oberfläche entfernt waren und dabei abkühlten.

Lucky schaltete auf einen anderen Schirmausschnitt und erwischte den Rand der Sonne. Jetzt zeichneten sich die brennenden Gaswolken (dabei handelte es sich um die sogenannten Protuberanzen, die aus riesigen Wasserstoffböen bestehen) scharf karmesinrot gegen den schwarzen Himmel ab. Wie in Zeitlupe züngelten sie hinaus ins All, verteilten sich und nahmen die phantastischsten Formen an. Lucky wußte, daß jede einzelne zwölf Planeten von der Größe der Erde einhüllen, und daß die Erde in den Sonnenflecken, den er vor sich hatte, geworfen werden könnte, ohne daß man auch nur das mindeste davon bemerkt hätte.

Er schottete das Stroboskop mit einer plötzlichen Bewegung ab. Niemand konnte die Sonne so aus nächster Nähe betrachten, ohne von der Bedeutungslosigkeit der Erde und aller menschlichen Angelegenheiten seelisch niedergedrückt zu werden.

*

Die *Shooting Starr* war halb um die Sonne herum und sank nun schnell hinter die Umlaufbahnen von Merkur und Venus. Die Geschwindigkeit verringerte sich. Der Schiffsbug stand entgegengesetzt zur Flugrichtung, und die starken Hauptmotoren wirkten nun als Bremsen.

Als er die Venusbahn passiert hatte, legte Lucky den Energieschild ab und steckte ihn wieder in seine

Hüfttasche. Das Kühlsystem arbeitete auf Hochtouren, um die überschüssige Hitze abzubauen. Das Trinkwasser war immer noch unangenehm heiß, und die Konserven, in denen sich die Flüssigkeit in Gas verwandelt hatte, waren verformt.

Die Sonne schrumpfte zusammen. Lucky sah hinein. Jetzt sah sie wie eine ebenmäßige glühende Kugel aus. Die Unregelmäßigkeiten, die brodelnden Flecken und die wogenden Protuberanzen waren nicht mehr zu erkennen. Nur die Korona, die im Weltraum stets, auf der Erde nur während Sonnenfinsternissen sichtbar war, stach nach allen Seiten Millionen Meilen weit hervor. Lucky erschauderte unwillkürlich bei dem Gedanken, daß er soeben da hindurchgeflogen war.

Die Erde passierte er in fünfzehn Millionen Meilen Abstand. Durch das Teleskop erkannte er die vertrauten Umrisse der Kontinente, die durch die zerklüfteten weißen Wolkenbänke lugten. Er spürte einen Stich von Heimweh und dann um so stärker den Entschluß, Krieg und Vernichtung von den wimmelnden Milliarden von Menschen, die den Planeten bevölkerten, fernzuhalten, der immerhin die Wiege aller menschlicher Wesen war, die jetzt das weite Sonnensystem bewohnten.

Dann verschwand auch die Erde in der Ferne.

Am Mars vorbei und wieder mit Kurs auf den Asteroidengürtel, zielte Lucky immer noch auf das Jupitersystem, jenes Sonnensystem »en miniature« innerhalb des eigentlichen Sonnensystems. In seiner Mitte befand sich Jupiter selbst, jener Planet, der größer war, als alle anderen Planeten zusammengenommen. Vier riesige Monde umkreisten ihn, drei davon, Io, Europa, und Callisto, hatten ungefähr die Größe des Erdmondes. Ganymed, der vierte im Bunde, war um ein Vielfaches größer. Ganymed war sogar größer als der Merkur und beinahe so groß wie Mars. Außerdem gb es da noch eine Unzahl kleinerer Monde, in der Größenordnung von einigen hundert Kilometern Durchmesser bis hinunter zu unbedeutenden Felsbrocken.

Im Schiffsteleskop wuchs Jupiter zu einer gelben Kugel mit den charakteristischen schwach-orangefarbigen Streifen. Einer von ihnen wuchs sich zu dem, was früher als der »Rote Fleck« bezeichnet worden war, aus. Drei der Hauptmonde, einschließlich Ganymed, standen auf dieser Seite, der vierte befand sich hinter dem Jupiter.

Lucky hatte den größten Teil des Tages mit dem Hauptbüro des Rates auf dem Mond in vorsichtiger Funkverbindung gestanden. Die Taster seines Ergometers durchforschten die Tiefen des Alls. Viele Schiffe wurden so registriert, aber Lucky hielt nur nach dem einen mit dem sirianischen Motorenmuster Ausschau. Er würde es mit Sicherheit sofort erkennen.

Und es entging ihm nicht. Auf eine Entfernung von dreißig Millionen Kilometer erregten die ersten schwachen Ausschläge sein Mißtrauen. Er änderte den Kurs, um die entsprechende Richtung nehmen zu können, und bald darauf zeichneten sich die charakteristischen Kurven deutlicher ab.

Auf hunderttausend Kilometer konnte er es als kleinen Lichtpunkt durch das Teleskop ausmachen. Auf zehntausend Kilometer waren Form und Umrisse deutlich zu erkennen. Es war Antons Schiff. Auf tausendfünfhundert Kilometer (Ganymed lag von beiden Schiffen immer noch achtzig Millionen Kilometer entfernt) setzte Lucky den ersten Funkspruch ab. Dabei handelte es sich um die Aufforderung an

Anton, beizudrehen und sein Schiff Kurs auf die Erde nehmen zu lassen.

Auf hundert Meilen erhielt Lucky seine Antwort – einen Energiestoß, der die Generatoren aufjaulen ließ und die *Shooting Starr* dermaßen durchschüttelte, als wäre sie mit einem anderen Schiff zusammengestoßen.

Luckys Gesichtszüge nahmen einen besorgten Ausdruck an.

Antons Schiff war besser bestückt, als er vermutet hatte.

XV
EIN TEIL DER ANTWORT

Eine Stunde lang versuchten sich die beiden Schiffe gegenseitig auszumanövrieren, aber keiner konnte sich dabei einen Vorteil verschaffen. Lucky verfügte über das schnellere und bessere Schiff, dafür besaß Captain Anton eine Mannschaft. Jeder Mann konnte sich voll auf eine spezielle Aufgabe konzentrieren. Einer konnte zielen, ein zweiter feuern und ein dritter konnte dabei die Reaktorkammern im Auge behalten, während Anton sich auf den Kampf konzentrieren konnte.

Lucky hingegen mußte alles selbst tun und sich deswegen hauptsächlich auf Wortgefechte verlegen.

»Sie können nicht einfach zum Ganymed donnern, Anton, und ihre Freunde werden es nicht wagen, sich offen zu zeigen, solange sie nicht genau wissen, was eigentlich gespielt wird ... Sie sind erledigt, Anton, wir kennen Ihre Pläne ... Hat gar keinen Zweck noch zu versuchen, auf Ganymed Bescheid zu sagen, Anton, wir stören den Subäther von Ihnen bis zum

Jupiter. Da kommt nichts mehr durch ... Regierungsschiffe sind schon auf dem Weg hierher, Anton. Ihr letztes Stündlein hat geschlagen. Viel Zeit haben Sie nicht mehr, es sei denn, Sie ergeben sich ... Geben Sie auf, Anton, geben Sie endlich auf.«

Und das alles, während Lucky im Zick-Zack Kurs durch einen Feuerhagel flog, wie er ihn schlimmer noch nie erlebt hatte. Es gelang ihm auch beileibe nicht, allen Feuerstößen auszuweichen. Die Energievorräte der *Shooter* begannen unter der Belastung Wirkung zu zeigen. Lucky hätte sich gerne der Illusion hingegeben, daß Antons Schiff im gleichen Maße in Mitleidenschaft gezogen wurde, aber er selbst gab nur wenige Salven auf Anton ab und traf dabei so gut wie nie.

Er wagte nicht, den Blick vom Schirm zu nehmen. Terrestrische Kampfschiffe, die sich auf dem Weg hierher befanden, würden noch Stunden brauchen, bis sie zur Stelle waren. Falls Anton bis dahin die Energiereserven der *Shooting Starr* niedergekämpft hatte, sich absetzen und einen gehörigen Vorsprung in Richtung Ganymed herausholen konnte, wärend der angeschlagenen *Shooting Starr* nichts übrig blieb, als hinterherzuschleichen, ohne daß Aussicht bestand, Anton einzuholen ... oder falls auf dem Schirm plötzlich eine Piratenflotte auftauchte ...

Lucky wagte es nicht, diesen Gedanken zu Ende zu spinnen. Vielleicht hatte er einen Fehler begangen, das Abfangmanöver nicht doch von Regierungsschiffen durchführen zu lassen. Nein, dachte er, nur die *Shooting Starr* war in der Lage gewesen, Anton noch fünzig Millionen Meilen vor Ganymed zu stellen. Nur die Geschwindigkeit seines Schiffes oder was noch wichtiger war, nur die Ergometer der *Shooter* hatten diese Aufgabe bewältigen können. In diesem

Abstand zu Ganymed war es durchaus zu verantworten, andere Einheiten herbeizurufen, um die Sache zu beenden. Kam man noch näher an Ganymed heran, dann wurde eine Flottenoperation riskant.

Plötzlich erwachte Luckys ständig auf Empfang geschalteter Bildschirm zum Leben. Antons Gesicht füllte den gesamten Schirm. Der Pirat lächelte sorglos.

»Du bist Dingo also schon wieder durch die Lappen gegangen.«

»Wieder! Sie geben also zu, daß er bei dem Stoßpistolenduell auf Ihre Anweisung gehandelt hat!«

Ein auf Luckys Schiff gerichteter Energietaststrahl verdichtete sich plötzlich zu einem Feuerstoß von mörderischer Stärke. Mit einer Beschleunigung, die ihn fast vom Sitz schleuderte, wich Lucky gerade noch aus.

Anton lachte. »Du darfst dich nicht zu sehr auf mich konzentrieren. Eben hätten wir dich beinahe mit einem Pfefferminzschlag erwischt. Natürlich hat Dingo auf Befehl gehandelt. Wir wußten schon genau, was wir zu tun hatten, das kannst du mir glauben. Dingo wußte nicht genau, wer du warst, dafür war mir alles um so klarer und das beinahe von Anfang an.«

»Schade, daß Ihnen das Wissen nichts genutzt hat«, antwortete Lucky.

»Dingo hat es nichts genutzt. Es wird dich vielleicht erheitern zu erfahren, daß er, ich will mich mal so ausdrücken, hingerichtet worden ist. Fehler zu machen ist eine schlimme Sache. Aber dieses Gerede führt hier draußen zu nichts. Ich wollte nur klarstellen, daß mir das Ganze einen Riesenspaß gemacht hat, aber jetzt ist es an der Zeit, daß ich mich auf den Weg mache.«

»Sie können doch nirgends hin«, sagte Lucky.

»Ich werde es mal mit Ganymed versuchen.«

»Man wird Sie abfangen.«

»Wer? Die Flotte vielleicht? Ich kann nichts sehen, was wie ein Regierungsschiff aussieht. Keins von ihnen wird mich jetzt noch einholen können.«

»Ich kann Sie aufhalten.«

»Du hast mich zwar gefunden, aber was willst du jetzt mit mir anstellen? Deiner Taktik nach zu urteilen, bis zu allein an Bord. Wenn ich das von Anfang an gewußt hätte, hätte ich mich gar nicht erst solange mit dir aufgehalten. Du kannst nicht gegen ein vollbemanntes Schiff antreten.«

»Ich kann Sie rammen und so vollständig vernichten«, sagte Lucky im Flüsterton.

»Du gehst dabei mit drauf, vergiß das nicht.«

»Das würde keine Rolle spielen.«

»Ich bitte dich, das ist doch Pfadfinderlatein. Gleich sagst du uns wohl auch noch den Fahneneid auf, was?«

Mit lauter Stimme sagte Lucky: »Männer an Bord des Schiffes, hört mich an! Falls euer Captain den Versuch macht, Kurs auf Ganymed zu nehmen, werde ich das Schiff rammen. Das wäre der sichere Tod für euch alle, es sei denn, ihr ergebt euch. Ich verspreche euch allen eine faire Gerichtsverhandlung. Wenn ihr mit uns zusammenarbeitet, garantiere ich euch, daß ich alles in meiner Macht Stehende tun werde, damit ihr glimpflich davonkommt. Laßt nicht zu, daß Anton euer Leben für seine sirianischen Kumpane wegwirft.«

»Red' nur weiter, Regierungsbubi, mach nur so weiter«, höhnte Anton. »Ich laß' meine Männer alles mithören. Die wissen genau, was für eine Gerichtsverhandlung ihnen blüht, und wie es mit den Aussichten auf Strafmilderung steht, darüber haben sie ebenfalls festumrissene Vorstellungen. Eine Enzymgiftspritze und aus, das ist alles, was sie zu erwarten haben.« Antons Hände deuteten schnell den Injektionsvorgang an. »Das ist es, was sie bekommen werden. Sie haben keine Angst vor dir. Wiedersehen Regierungsbubi.«

Die Nadeln auf Luckys Gravimeter zuckten nach unten, als Antons Schiff Fahrt aufnahm und davonflog. Lucky beobachtete seinen Bildschirm. Wo bleiben die Regierungsschiffe nur?

Er beschleunigte ebenfalls. Die Gravimeternadel kletterte wieder in die Höhe.

Die Distanz zwischen den beiden Schiff schmolz dahin. Antons Schiff legte Fahrt zu; die *Shooting Starr* tat dasselbe. Luckys Schiff verfügte über das bessere Beschleunigungsvermögen.

Anton lächelte genau wie zuvor. »Noch fünfzig Meilen«, sagte er. »Fünfundvierzig«. »Nach einer kurzen Pause: »Vierzig. Hast du schon dein letztes Vatersunser aufgesagt, Regierungsbubi?«

Lucky antwortete nicht. Für ihn gab es keinen Ausweg. Er würde den Piraten rammen müssen. Ehe er Anton entwischen ließ, ehe er es zuließ, daß die Erde mit Krieg überzogen wurde, würde er den Piraten aufhalten müssen, selbst wenn er dafür mit seinem eigenen Leben bezahlen mußte. Die Schiffe näherten sich auf einem flachen spiralförmigen Tangentialkurs.

»Dreißig«, kommentierte Anton gelangweilt. »Du jagst hier niemandem einen Schrecken ein. Am Schluß stehst du als Trottel da. Dreh' ab und mach, daß du wegkommst, Starr.«

»Fünfundzwanzig«, erwiderte Lucky fest. »Sie haben noch fünfzehn Minuten, um sich zu ergeben oder zu sterben.« Er selbst, mußte er sich eingestehen, hatte dieselbe Zeitspanne, um entweder das Spiel zu gewinnen oder ebenfalls zu sterben.

Hinter Anton erschien auf einmal ein Gesicht auf dem Bildschirm. Der Mann legte einen Finger an die blutleeren zusammengepreßten Lippen. Luckys Augen hätten vielleicht alles verraten, deswegen schaute er weg.

Beide Schiffe rasten jetzt mit Höchstbeschleunigung dahin.

»Was liegt an, Starr?« erkundigte sich Anton. »Schiß? Herzklopfen?« Seine Augen flackerten, und sein Mund war halb geöffnet.

Lucky wurde plötzlich klar, daß Anton an der Sache Spaß hatte, diese Erkenntnis wurde ihm zur sicheren Erkenntnis. Anton betrachtete das Ganze als ein Spiel, für den Piraten war es eine Möglichkeit, seine Macht zu demonstrieren. In diesem Augenblick war Lucky sich bewußt, daß Anton sich niemals ergeben würde. Er würde sich eher rammen lassen, als klein beizugeben. Und Lucky wußte, daß er selbst dem Tod nicht würde entrinnen können.

»Fünfzehn Meilen«, sagte Lucky.

Es war Hansen, der da hinter Anton stand. Der Einsiedler! Und da war etwas in seiner Hand.

»Zehn Meilen«, sagte Lucky. Dann: »Sechs Meilen. Ich werde euch rammen! Beim All, ich werde euch rammen!«

Das war ein Blaster! Hansen hielt einen Blaster in der Hand.

Luckys Atem ging schwer. Wenn Anton sich jetzt umdrehte ...

Aber Anton ließ sich Luckys Mienenspiel nicht einen Augenblick lang entgehen, das wollte er einfach nicht verpassen. Er wartete darauf, daß sich auf

Luckys Gesicht die Furcht abzumalen begann und dann langsam immer deutlicher zutage treten würde. Lucky konnte es ganz klar in den Zügen seines Gegenübers erkennen. Anton hätte sich selbst auf ein viel lauteres Geräusch hin, als es das vorsichtige Heben eines Blasters verursacht, nicht umgedreht.

Anton erwischte es voll im Rücken. Der Tod kam viel zu schnell, um das intensive Lächeln von Antons Gesicht verschwinden zu lassen, und obwohl das Leben seine Züge verließ, blieb der Ausdruck grausamer Freude erhalten. Anton fiel nach vorne auf den Bildschirm. Einen Augenblick lang kam sein Gesicht vor der Kamera zu liegen, überlebensgroß, und starrte Lucky aus toten, bösen Augen an.

Lucky konnte Hansen rufen hören: »Alle Mann zurück an die Wand. Wollt ihr etwa alle draufgehen? Wir ergeben uns. Kommen Sie rüber, und nehmen Sie uns fest, Starr!«

Lucky verließ seine Anflugbahn um zwei Grad, gerade genug, um die Kollision zu vermeiden.

Seine Ergometer registrierten jetzt sehr deutlich die Maschinenausstrahlungen näherkommender Regierungsschiffe. Endlich.

Die Bildschirme an Bord von Antons Schiff zeigten nur weißen Schnee, das war das Zeichen der Aufgabe.

*

Es war beinahe eine Binsenweisheit, daß die Flotte nie besonders begeistert davon war, wenn der Wissenschaftsrat die Nase in Angelegenheiten steckte, die die Militärs als ihre ureigenste Domäne betrachteten. Das galt natürlich in besonderem Maße, wenn die Aktion überaus erfolgreich gewesen war. Lucky wußte das genau. Deswegen war er auf die schlecht verborgene Mißbilligung des Admirals durchaus vorbereitet.

»Dr. Conway hat die Angelegenheit hinreichend erklärt, Starr«, meinte der Admiral trocken, »und ich muß Ihnen meine Anerkennung aussprechen. Sie müssen sich aber im klaren sein, daß die Flotte sich schon seit geraumer Zeit über die sirianische Gefahr ein Bild gemacht und sich eine wohldurchdachte Strategie zurechtgelegt hat. Diese Alleingänge des Rates könnten eines Tages gefährlich werden. Das könnten Sie Dr. Conway gegenüber vielleicht einmal durchblicken lassen. Der Koordinator hat mich nun gebeten, in den nächsten Phasen des Kampfes gegen die Piraten mit dem Rat zusammenzuarbeiten, aber«, er blickte eigensinnig drein, »Ihrem Vorschlag, den Angriff auf Ganymed hinauszuzögern, kann ich mich nicht anschließen. Ich denke, die Flotte ist sehr gut selbst in der Lage, Entscheidungen zu treffen, wenn es um Kampfhandlungen und den Sieg geht.«

Der Admiral war Mitte Fünfzig und durchaus nicht gewohnt, sich mit irgend jemandem von gleich zu gleich zu beraten, von einem jungen Dachs, der noch nicht einmal halb so alt war wie er, ganz zu schweigen. Man konnte es seinem kantigen Gesicht mit dem grauborstigen Oberlippenbart überdeutlich ansehen.

Lucky war hundemüde. Jetzt, wo Antons Schiff im Schlepp und die Mannschaft in Gewahrsam genommen war, machte sich die Anstrengung bemerkbar. Er brachte es dennoch fertig, sehr respektvoll zu antworten. »Ich denke, wenn wir zuerst die Asteroiden ausräuchern, dann werden die Sirianer auf Ganymed ganz von selbst aufhören, uns Kopfzerbrechen zu bereiten.«

»Heilige Milchstraße, Mann, was meinen Sie mit

›ausräuchern‹. Das versuchen wir nun seit fünfundzwanzig Jahren, und zwar ohne Erfolg. Die Asteroiden zu säubern ist so, als wolle man einen Sack Flöhe hüten. Was die sirianische Base anlangt, so wissen wir wenigstens, wo sie sich befindet, außerdem haben wir recht genaue Vorstellungen über ihre Stärke.« Er gestattete sich ein flüchtiges Lächeln. »Oh, dem Rat fällt es vielleicht schwer sich vorzustellen, daß die Flotte ebenfalls weiß, was sie tut. Möglicherweise sogar besser als der Rat. Ich weiß zum Beispiel, daß die mir zur Verfügung stehenden Streitkräfte ausreichen, den Feind auf Ganymed zu schlagen. Wir sind auf den Einsatz vorbereitet.«

»Das steht für mich völlig außer Zweifel, ich bin auch felsenfest davon überzeugt, daß Sie den Feind auf Ganymed vernichten können. Aber die Einheiten dort auf Ganymed stellen nicht die gesamten sirianischen Streitkräfte dar. Sie mögen vielleicht für eine Schlacht vorbereitet sein, aber sind Sie es auch für einen langen verlustreichen Krieg?«

Das Gesicht des Admirals lief puterrot an. »Ich bin gebeten worden, mit Ihnen zusammenzuarbeiten, aber das kann ich nicht auf Kosten der Sicherheit der Erde tun. Unter keinen Umständen kann ich meine Zustimmung zu einem Plan geben, der darauf hinausläuft, unsere Flotteneinheiten im Asteroidengebiet aufzusplittern, während sich ein sirianisches Expeditionskorps in unserem Sonnensystem befindet.«

»Bekomme ich eine Stunde Zeit?« unterbrach Lukky den Redefluß des Admirals. »Eine Stunde, um mit Hansen zu reden, Sie wissen schon, der Gefangene von Ceres, den ich auf dieses Schiff geschafft habe, kurz bevor Sie an Bord gekommen sind, Sir?«

»Wozu soll das denn gut sein?«

»Geben Sie mir bitte eine Stunde, ich werde versuchen, es Ihnen zu zeigen.«

Die Lippen des Admirals wurden zu einem dünnen harten Strich. »Eine Stunde könnte kostbar sein. Eine Stunde könnte unbezahlbar sein ... Na gut, fangen Sie an, aber ein bißchen dalli. Mal sehen, was dabei herauskommt.«

»Hansen!« rief Lucky laut, ohne seine ruhigen Augen dabei auch nur für einen Moment von dem Admiral abzuwenden.

Der Einsiedler erschien aus der Schlafraumsektion. Er machte einen müden Eindruck, aber trotzdem gelang es ihm, Lucky ein Lächeln zu schenken. Sein Aufenthalt an Bord des Piratenschiffes hatte seinem Selbstvertrauen offenbar nichts anhaben können.

»Ich habe bereits Ihr Schiff bewundert, Mr. Starr. Eine tolle Blechbüchse, alles was recht ist.«

»Also jetzt hören Sie mal beide zu«, fuhr der Admiral dazwischen, »keine langen Vorreden, wenn ich bitten darf. Starr, kommen Sie zur Sache, Ihr Schiff wollen wir fürs erste mal aus dem Spiel lassen.«

»Die Situation ist folgende, Mr. Hansen«, sagte Lucky, »mit Ihrer unschätzbaren Hilfe, für die ich Ihnen danken möchte, ist es uns gelungen, Anton aufzuhalten. Im Klartext bedeutet das, daß wir den Zeitpunkt des Ausbruches von Feindseligkeiten mit den Sirianern hinausgezögert haben. Aber wir brauchen mehr als einen Aufschub. Wir müssen die Gefahr vollständig aus der Welt schaffen, und wie Ihnen der Admiral versichern wird, haben wir nur sehr wenig Zeit zur Verfügung.«

»Wie kann ich helfen?« wollte Hansen wissen.

»Indem Sie meine Fragen beantworten.«

»Mit dem größten Vergnügen, aber ich habe Ihnen bereits alles gesagt, was ich wußte. Es tut mir leid, daß meine Informationen sich als so unzureichend erwiesen haben.«

»Aber trotzdem haben die Piraten Sie für gefährlich gehalten. Sie haben schließlich allerhand riskiert, um Sie aus unserer Gewalt zu befreien.«

»Dafür habe ich keine Erklärung zur Hand.«

»Ist es möglich, daß Sie über eine Information verfügen, von der Sie gar nicht annehmen, daß sie wichtig ist? Irgend etwas, was tödlich für sie sein könnte?«

»Nicht das ich wüßte.«

»Nun, man hat Ihnen Vertrauen entgegengebracht. Nach dem, was Sie mir erzählt haben, sind Sie ein wohlhabender Mann mit gut angelegtem Vermögen auf der Erde. Mit Sicherheit sind Sie reicher als der durchschnittliche Einsiedler. Trotzdem haben die Piraten Sie gut behandelt. Oder sagen wir einmal so, man hat Sie nicht schlecht behandelt. Man hat Sie nicht ausgeplündert. Wenn man es recht betrachtet, dann bleibt festzustellen, daß man Ihr Luxusheim völlig in Ruhe gelassen hat.«

»Aber bedenken Sie, Mr. Starr, ich habe den Piraten dafür ja auch geholfen.«

»Nicht sonderlich. Sie sagten; daß Sie ihnen gestattet haben, auf Ihrem Brocken zu landen, manchmal Leute zurückzulassen, und das ist auch schon so ziemlich alles gewesen. Wenn man Sie einfach abgeknallt hätte, hätten sie das alles auch haben können, und Ihre Unterkunft hätten sie sozusagen als Dreingabe bekommen. Darüber hinaus hätten die Piraten nicht fürchten müssen, daß Sie zum Informanten wurden. Zu guter Letzt sind Sie es ja geworden, stimmt's?«

»So ist es aber gewesen, ich habe Ihnen die Wahrheit erzählt«, Hansen konnte Lucky nicht in die Augen sehen, während er sprach.

»Doch schon, was Sie mir erzählt haben, entspricht der Wahrheit, allerdings handelt es sich dabei nicht um die ganze Wahrheit. Ich bleibe dabei, die Piraten müssen einen guten Grund gehabt haben, Ihnen dermaßen vertauen zu können. Sie mußten gewußt haben, daß es für Sie den Tod bedeuten mußte, zur Regierung zu gehen.«

»Auch das habe ich Ihnen schon gesagt«, antwortete Hansen mit Nachsicht in der Stimme.

»Sie haben gesagt, daß Sie sich durch Ihre Hilfeleistung für die Piraten kompromittiert hätten, aber man hat Ihnen vertraut, *bevor* Sie damit begonnen hatten, ihnen zu helfen. Sonst wären Sie beim ersten Mal umgelegt worden. Jetzt lassen Sie mich raten. Ich würde annehmen, daß Sie, bevor Sie ein Einsiedler geworden sind, selbst Pirat gewesen sind, Hansen, und daß Anton und Männer seines Schlages das gewußt haben. Was sagen Sie dazu?«

Hansens Gesicht wurde kalkweiß.

»Was sagen Sie dazu, Hansen?« wiederholte Lucky.

Hansens Stimme klang ganz sanft, als er jetzt sagte: »Sie haben recht, Mr. Starr. Ich bin einmal Mitglied einer Piratenmannschaft gewesen. Das war vor langer Zeit. Ich habe versucht, es zu vergessen. Ich habe mich auf die Asteroiden zurückgezogen und alles in meiner Macht Stehende getan, um für die Erde so gut wie tot zu sein. Als im Sonnensystem eine neue Gruppe von Piraten entstand und mich mit hineinzog, blieb mir keine andere Wahl, als ihr Spiel mitzumachen.

Als Sie bei mir landeten, bot sich mir zum ersten Mal die Chance zu verschwinden; meine erste Chance, um mich dem Gesetz zu stellen, wenn man es richtig betrachtet. Was für mich sprach, war der

Umstand, daß ich mein Leben riskiert hatte, um ein Ratsmitglied zu retten. Das war der Grund, warum ich so scharf darauf war, die Angreifer auf Ceres zu bekämpfen. Da wollte ich mir noch einen Pluspunkt verdienen. Am Ende habe ich dann noch Anton getötet, Ihnen das Leben zum zweitenmal gerettet, und darüber hinaus der Erde eine Atempause verschafft, in der, wie Sie mir sagen, vielleicht ein Krieg verhindert werden kann. Ich bin Pirat gewesen, ja, Mr. Starr, aber das ist aus und vorbei, und ich schätze, ich habe es wiedergutgemacht.«

»Gut«, räumte Lucky ein, »jedenfalls, was das betrifft. Aber jetzt sagen Sie endlich, gibt es noch irgend etwas, das Sie uns bisher verheimlicht haben?«

Hansen schüttelte den Kopf.

»Bisher haben Sie uns auch nicht gestanden, daß Sie Pirat gewesen sind.«

»Das war doch nun wirklich nicht von Bedeutung. Außerdem haben Sie es doch auch herausgefunden. Ich habe gar nicht versucht, es abzustreiten.«

»Gut, dann wollen wir jetzt mal sehen, ob es sonst noch Sachen gibt, die Sie nicht ableugnen werden. Verstehen Sie, Sie haben uns immer noch nicht die ganze Wahrheit gesagt.«

Hansen machte einen überraschten Eindruck.

»Was soll denn noch sein?«

»Die Tatsache, daß Sie nie aufgehört haben ein Pirat zu sein. Die Tatsache, daß Sie ein Mann sind, von dem in meiner Gegenwart nur ein einziges Mal die Rede war, und zwar seitens eines Besatzungsmitgliedes an Bord von Antons Schiff, kurz nach meinem Stoßpistolenduell mit Dingo. Die Tatsache, daß Sie der sogenannte Boß sind. Sie, Mr. Hansen, sind der Drahtzieher hinter den Operationen der Piraten der Asteroiden.«

XVI
DIE GANZE ANTWORT

Hansen sprang wie von der Tarantel gestochen von seinem Stuhl auf. Sein Atem ging pfeifend durch die halbgeöffneten Lippen.

Der Admiral, der kaum weniger überrascht war, rief: »Heilige Milchstraße, Mann! Ist das Ihr Ernst?«

»Setzen Sie sich, Hansen«, sagte Lucky, »wir wollen einmal sehen, ob alles zusammenpaßt. Falls ich mich irre, dann müßte in der Geschichte irgendwo eine Ungereimtheit auftauchen, oder etwa nicht? Es fängt alles mit Captain Antons Landung auf der *Atlas* an. Obwohl sein Verstand in der verkehrten Richtung operierte, war er doch ein fähiger und intelligenter Mann. Er mißtraute mir und meiner Geschichte. Er machte also eine dreidimensionale Aufnahme von mir (das dürfte kein Problem gewesen sein, selbst wenn ich es nicht bemerkt habe) und schickte das Photo zum Boß, um sich Anweisungen zu holen. Dem Boß kam es so vor, als ob er mich erkennen würde. Wenn Sie, Hansen, der Boß waren, ist das logisch, denn schließlich haben Sie mich ja tatsächlich erkannt, als wir uns begegnet sind.

Der Boß gab also Anweisung, daß ich zu töten sei. Anton amüsierte sich damit, mich zu diesem Zweck in ein Stoßpistolenduell mit Dingo zu schicken. Dingo erhielt eindeutige Anweisung, mich zu liquidieren. Das hat Anton in seiner letzten Unterhaltung mit mir offen zugegeben. Aber als ich dann zurückkam und zudem noch Antons Ehrenwort hatte, daß ich eine Chance bekäme, falls ich überleben sollte, mußten Sie höchstpersönlich eingreifen. Ich wurde also auf Ihren Asteroiden geschickt.«

»Aber das ist doch der helle Wahnsinn«, platzte

Hansen heraus. »Ich habe Ihnen nichts zuleide getan. Ich habe Ihnen die Haut gerettet und Sie zur Ceres gebracht.«

»Stimmt, das haben Sie getan und sind auch noch mitgekommen. Ich hatte mir vorgenommen, in die Piratenorganisation zu gelangen, um mir dort die notwendigen Informationen zu verschaffen. Sie verfielen auf die gleiche Idee, mit umgekehrten Vorzeichen, versteht sich, und waren dabei auch noch viel erfolgreicher als ich. Sie haben mich zur Ceres gebracht und sind gleich selbst mitgekommen. Sie merkten, wie unvorbereitet wir waren, und wie sehr wir die Piratenoragnisation unterschätzten. Das bedeutete, daß Sie mit Volldampf zu Werke gehen konnten.

Der Ceresüberfall erscheint in diesem Licht jetzt auch sinnvoll. Ich könnte mir vorstellen, daß Sie irgendwie mit Anton in Verbindung getreten sind. Taschensender für den Subätherbereich gibt es, und intelligent gemachte Codeverschlüsselungen kann man sich ausdenken. Sie sind nicht in den oberen Korridor gegangen, um gegen die Piraten zu kämpfen, sondern um mit ihnen zu verschwinden. Man hat Sie nicht getötet, sondern ›gefangengenommen‹. Das war ganz schön seltsam. Falls Ihre Geschichte gestimmt hätte, wären Sie für die Piraten ein gefährlicher Mitwisser gewesen. Die hätten Sie abknallen sollen, sobald Sie sich zeigten. Aber nein, man hat Ihnen kein Haar gekrümmt. Statt dessen brachten die Piraten Sie an Bord von Antons Flaggschiff und nahmen Sie zum Ganymed mit. Sie waren noch nicht einmal gefesselt oder unter Bewachung. Sie konnten sich ohne Schwierigkeit leise an Anton heranmachen und ihn niederschießen.«

»Aber ich habe ihn doch erschossen«, rief Hansen

laut und mit Verzweiflung in der Stimme, »warum in aller Welt hätte ich ihn erledigen sollen, wenn ich der bin, der Sie behaupten?«

»Weil Anton wahnsinnig war. Er war bereit, sich eher von mir rammen zu lassen, als klein beizugeben, oder das Gesicht zu verlieren. Sie hingegen trugen sich mit großen Plänen und hatten nicht im mindesten Lust zu sterben, nur um Antons Eitelkeit zu befriedigen. Ihnen war klar, daß selbst für den Fall, daß wir Anton daran hindern konnten, mit Ganymed Verbindung aufzunehmen, sich die ganze Sache bestenfalls nur etwas hinausgezögert hätte. Wenn wir Ganymed später doch angreifen würden, käme es so oder so zum Krieg. Wenn Sie dann Ihre Rolle als Einsiedler weiterspielen würden, fände sich schon irgendwann eine Gelegenheit zu flüchten und Ihre wahre Identität wieder aufleben zu lassen. Was bedeutete dabei schon Antons Leben und der Verlust eines Schiffes?«

»Wo bleiben die Beweise?« fragte Hansen. »Das sind doch Spekulationen, sonst nichts! Wo sind die Beweise?«

Der Admiral, der die ganze Zeit von einem zum anderen geschaut hatte, raffte sich zu einem Entschluß auf. »Sehen Sie mal, Starr, dieser Mann gehört mir. Wir werden die Wahrheit schon aus ihm herausholen.«

»Nur keine unnötige Hast, Admiral. Meine Stunde ist noch nicht um ... Spekulation, Hansen? Dann wollen wir mal weitermachen. Ich habe also versucht, Ihren Felsen wiederzufinden, aber Sie wußten die Koordinaten nicht, was komisch war, selbst wenn man Ihnen Ihre detaillierten Erklärungen abnimmt. Ich berechnete also die Koordinaten aus der Flugbahn, die uns von Ihrem Felsen nach Ceres gebracht hat, und dabei stellte sich heraus, daß die Werte eine Stelle im Bereich der verbotenen Zonen bezeichneten. Dort konnte sich, wenn alles mit rechten Dingen zuging, kein Asteroid befinden. Da ich mir aber hundertprozentig sicher war, daß meine Berechnungen stimmten, war mir klar, daß sich Ihr Felsen gegen die Naturgesetze dort befinden mußte.«

»Was? Was soll los sein?« sagte der Admiral verwirrt.

»Ich will damit andeuten, daß ein Asteroid nicht unbedingt in der vorgeschriebenen Bahn fliegen muß, wenn er nur klein genug ist. Man kann so einen Asteroiden mit hyperatomaren Motoren bestücken und ihn *aus seiner Umlaufbahn bewegen, wie ein Raumschiff.* Wie wollen Sie sonst erklären, daß sich ein Asteroid in der verbotenen Zone aufhält?«

»So etwas einfach zu behaupten bedeutet nicht, daß es sich auch tatsächlich so verhält«, unterbrach Hansen ungehalten. »Ich weiß wirklich nicht, warum Sie mir das antun, Starr. Wollen Sie mich auf die Probe stellen? Ist das Ganze ein Trick von Ihnen?«

»Kein Trick, Mr. Hansen. Ich bin zu Ihrem Felsen zurückgeflogen. Ich hatte damit gerechnet, daß Sie ihn nicht weit fortbewegen würden. Ein manövrierbarer Asteroid hat gewisse Vorteile. Ganz gleich wie oft man ihn entdeckt oder wie oft man seine Koordinaten feststellt und die Umlaufbahn berechnet, es wird immer möglich sein, Verfolger oder Beobachter dadurch abzuschütteln, daß man die Umlaufbahn verändert. Andererseits geht man mit einem beweglichen Asteroiden auch gewisse Risiken ein. Ein Astronom, der ihn bei einem Stellungswechsel zufällig gerade beobachtet, würde sich vielleicht wundern, weshalb ein Asteroid die Ekliptik verläßt oder in die verbotene Zone wandert. Oder falls er mit dem Teleskop nahe genug herankommt, könnte er sich auch die Frage stellen, warum ein Asteroid Auspuffgase hinter sich herzieht.

Ich könnte mir vorstellen, daß Sie Ihren Brocken bereits einmal bewegt haben, um Antons Schiff auf halber Strecke zu treffen, damit ich auf Ihrem Asteroiden angelandet werden konnte. Ich war mir ganz sicher, daß Sie so kurz darauf nicht schon wieder eine große Verlegung vornehmen würden. Vielleicht nur gerade soweit, um in der nächsten Asteroidenwolke unterzutauchen. Also bin ich zurückgeflogen und habe mich in der Gegend nach einem Asteroiden umgesehen, der ungefähr die richtige Größe und Form hatte. Ich habe ihn auch gefunden. Ich bin auf einen Asteroiden gestoßen, der in Wirklichkeit Base, Fabrik und Versorgungslager in einem war. Ich konnte auch die Geräusche von riesigen Hyperatommotoren hören, die durchaus imstande waren, den ganzen Brokken zu bewegen. Es handelt sich um eine vom Sirius importierte Anlage, glaube ich.«

»Aber das war doch nicht mein *Felsen*«, erwiderte Hansen.

»Nein? Aber Dingo wartete dort schon auf mich. Er hat damit angegeben, daß er mir gar nicht hatte folgen müssen, sondern genau gewußt habe, wohin ich fliegen würde. Der einzige Ort, von dem er wissen konnte, daß ich ihn ansteuern würde, war Ihr Felsen. Daraus schließe ich, daß sich auf der einen Seite desselben Felsens Ihre Wohnanlage und auf der entgegengesetzten die Piratenbase befindet.«

»Nein, stimmt nicht«, schrie Hansen. »Ich überlasse alles der Beurteilung durch den Admiral. Tausende von Asteroiden sehen so wie meiner aus, und für die beiläufig fallengelassene Bemerkung eines Piraten bin ich nicht verantwortlich.«

»Es gibt aber noch einen Beweis, der Ihnen vielleicht triftiger erscheint«, fuhr Lucky fort. »Es gab auf dieser Piratenbase ein Tal zwischen zwei Felsvorsprüngen, das mit leeren Büchsen angefüllt war.«

»Leere Büchsen!« schrie der Admiral. »Was bei allen Kometen der Milchstraße hat das mit der Sache zu tun, Starr?«

»Hansen pflegte seine leeren Dosen auf die Oberfläche seines Asteroiden zu befördern. Er meinte, der Gedanke, von seinem eigenen Müll umkreist zu werden, behage ihm nicht. Wahrscheinlich war der wirkliche Grund der, daß ihn sein eigener Abfall verraten könnte. Ich habe das Dosental bei unserem Abflug mit eigenen Augen gesehen. Als ich mich der Piratenbase näherte, habe ich es wieder gesehen. Das war der ausschlaggebende Grund, weswegen ich dort zu Kundschaftszwecken gelandet bin und nichts anderes. Sehen Sie sich den Mann hier doch einmal an, Admiral, und dann sagen Sie mir, ob ich die Wahrheit sage oder nicht.«

Hansens Gesicht war wutverzerrt. Das war nicht mehr derselbe Mann. Jede Spur von Güte war verschwunden. »In Ordnung, na und? Was soll ich tun?«

»Ich will, daß Sie sich mit Ganymed in Verbindung setzen. Ich bin felsenfest davon überzeugt, daß Sie das früher bereits getan haben. Man wird Sie dort kennen. Erzählen Sie denen, daß die Asteroiden sich der Erde ergeben haben und uns gegebenenfalls gegen den Sirius zu Hilfe kommen werden.«

Hansen brach in Gelächter aus. »Warum sollte ich das tun? Sie haben mich, aber die Asteroiden haben Sie nicht. Die können Sie nicht durchforsten.«

»Wenn wir Ihren Brocken erobern, dann sind wir sehr wohl dazu in der Lage. Dort befinden sich doch wohl alle notwendigen Aufzeichnungen, oder etwa nicht?«

»Versuchen Sie doch, ihn zu finden«, erwiderte Hansen rauh. »Versuchen Sie nur ruhig, ihn in einem Wald von Asteroiden zu orten. Sie haben doch selbst eben gesagt, daß er sich bewegen kann.«

»Das wird einfach sein, denken Sie an das Dosental«, sagte Lucky.

»Nur zu. Nehmen Sie jeden Brocken unter die Lupe, bis Sie das Tal gefunden haben. Dazu werden Sie eine Million Jahre brauchen.«

»Nein, höchstens einen Tag, oder so. Als ich von der Piratenbase gestartet bin, habe ich mir die Zeit genommen, das Tal mit einem Hitzestrahl zu beschießen. Das hat die Büchsen zum Schmelzen gebracht, die dann wieder zu einem glitzernden großflächigen Metallfilm erstarrt sind. Rosten kann das Ganze nicht, schließlich gibt es auf dem Felsen keine Atmosphäre, also wird die Oberfläche genauso bleiben, wie die Tore für ein Stoßpistolenduell. Sie fängt Sonneneinstrahlung auf und reflektiert sie gebündelt. Alles, was das Observatorium auf Ceres tun muß, ist den Himmel in Quadranten aufzuteilen und dann nach einem Asteroiden zu suchen, der ungefähr zehnmal so hell ist, wie es seiner Größe entspricht. Ich habe sie mit der Suche anfangen lassen, bevor ich überhaupt losgeflogen bin, um Anton abzufangen.«

»Das ist gelogen.«

»Ach, tatsächlich? Lange, bevor ich die Sonne erreichte, empfing ich eine Subäthermeldung mit einer Photographie. Hier ist sie.« Lucky zog das Photo unter dem Löschblatt auf dem Schreibtisch hervor. »Der helle Punkt mit der Pfeilmarkierung ist Ihr Felsen.«

»Glauben Sie vielleicht, Sie könnten mir Angst einjagen?«

»Ich hätte Angst, wenn ich Sie wäre. Die Ratsschiffe sind schon dort gelandet.«

»Was?« brüllte der Admiral.

»Wir durften keine Zeit verlieren, Sir«, sagte Lukky. »Wir fanden Hansens Wohngebäude auf der einen Seite des Asteroiden und außerdem die Verbindungsstollen zur Piratenbasis. Ich habe hier einige subätherübertragene Dokumente, aus denen die Koordinaten Ihrer wichtigsten Neben- und Hilfsbasen hervorgehen. Außerdem habe ich auch noch Aufnahmen der Basen hier. Na, wie gefällt Ihnen das, Hansen?«

Hansen brach zusammen. Sein Mund öffnete sich, und ein hilfloses Gestammel kam heraus.

»Ich habe dieses ganze Theater durchgezogen, um Ihnen zu zeigen, daß Sie verspielt haben. Sie haben restlos verloren. Ihnen bleibt nichts mehr, außer dem nackten Leben. Ich verspreche Ihnen gar nichts, aber falls Sie tun, was ich von Ihnen verlange, können Sie wenigstens Ihre Haut retten. Rufen Sie Ganymed.«

Hansen starrte hilflos auf seine Hände.

Der Admiral schien das eben Gehörte noch nicht richtig verarbeitet zu haben: »Der Rat hat die Asteroiden gesäubert? Der Rat hat *das* getan? Sie haben die Admiralität nicht davon in Kenntnis gesetzt?«

Lucky sagte bloß: »Also wie steht's, Hansen?«

»Was macht das jetzt noch für einen Unterschied«, erwiderte Hansen resignierend, »ja gut, ich rufe Ganymed.«

Conway, Henree und Bigman waren auf dem Raumhafen, als Lucky von der Erde zurückkehrte und begrüßten ihn. Sie aßen gemeinsam im Glassaal im höchsten Stockwerk des Planetenrestaurants. Da die Wände des Saales aus gebogenem einseitig polarisiertem Glas bestanden, konnten sie über die warmen Lichter der Stadt schauen, die sich langsam in der Ebene verloren.

»Nur ein Glück, daß der Rat in der Lage war, die Piratenbasen zu besetzen, ehe die Flotte dazu kam«, meinte Henree, »mit einer militärischen Aktion wäre uns nicht gedient gewesen.«

Conway nickte zustimmend. »Da hast du recht. Die Basen hätten nur für die nächste Piratenbande bereitgestanden. Die meisten Leute dort hatten gar keine Ahnung davon, daß sie mit den Sirianern Seite an Seite kämpften. Das waren ganz gewöhnliche Leute, die einfach besser leben wollten als bisher. Ich denke, wir können die Regierung dazu bewegen, eine allgemeine Amnestie zu erlassen, das heißt außer für diejenigen, die persönlich an Überfällen und Kaperungen teilgenommen haben, aber das waren nicht viele.«

»Es sieht in der Praxis sogar so aus«, sagte Lucky, »wenn wir ihnen bei der Entwicklung der Asteroiden helfen, wenn wir den Ausbau der Hefefarmen finanzieren und Wasser, Sauerstoff und Energie zur Verfügung stellen, bauen wir damit einen Schutzwall für die Zukunft. Der beste Schutz gegen kriminelle Elemente auf den Asteroiden ist ein friedliches und wohlhabendes Gemeinwesen. Auf diese Weise kommen wir zu friedlichen Zuständen dort.«

»Lüg' dir doch nicht selber in die Tasche«, sagte Bigman streitsüchtig. »Es gibt nur solange Frieden, bis die Sirianer meinen, es sei wieder mal an der Zeit, etwas zu unternehmen.«

Lucky legte eine Hand auf die krausgezogene Stirn des kleinen Mannes und gab ihm einen spielerischen Schubs. »Bigman, ich glaube fast, dir tut es in der Seele leid, daß wir einen Krieg ausgelassen haben.

Was ist mit dir los? Freust du dich nicht über ein bißchen Ruhe und Frieden?«

»Also weißt du, Lucky«, sagte Conway, »du hättest uns aber auch besser auf dem laufenden halten können.«

»Das hätte ich auch gerne getan«, erwiderte Lucky, »aber es war unumgänglich, daß ich mich allein mit Hansen befassen mußte. Dafür hatte ich gewichtige persönliche Gründe.«

»Aber wann hast du ihn zum ersten Mal in Verdacht gehabt? Was hat ihn verraten, Lucky?« wollte Conway wissen. »Etwa, daß sein Asteroid in die verbotenen Zonen getappt ist?«

»Das hat das Faß nur zum Überlaufen gebracht«, räumte Lucky ein. »Daß er kein Einsiedler war, wußte ich bereits eine Stunde nachdem ich ihm begegnet war. Von dem Augenblick an war mir klar, daß er für mich der wichtigste Mann im Universum war.«

»Wie wäre es, wenn du uns das einmal näher erläuterst?« Conway stand gerade im Begriff, den letzten Bissen zum Mund zu führen, er kaute genüßlich.

»Hansen hat in mir den Sohn von Laurence Starr wiedererkannt«, sagte Lucky. »Er sagte, daß er meinen Vater einmal getroffen habe, und das muß auch stimmen. Schließlich stehen Ratsmitglieder nicht im Rampenlicht der Öffentlichkeit, und deshalb muß er meinen Vater persönlich kennengelernt haben, sonst ergibt der Umstand, daß er die Ähnlichkeit in unseren Gesichtzügen erkennen konnte, keinen Sinn.

Aber bei dieser Sache sind zwei Aspekte seltsam. Erstens ist ihm die Ähnlichkeit besonders deutlich aufgefallen, als ich wütend wurde. Das hat er selbst gesagt. Aber nach allem, was ihr beide, Onkel Gus und du, Onkel Hector, mir über meinen Vater erzählt habt, ist Vater nur ganz selten wütend geworden.

›Lachend‹ ist die Bezeichnung, die ihr normalerweise benutzt, wenn ihr von Vater redet. Und zweitens hat Hansen keinen von euch beiden wiedererkannt, als er euch auf Ceres getroffen hat. Selbst eure Namen sagten ihm nichts.«

»Was soll daran so ungewöhnlich sein?« erkundigte sich Henree.

»Vater und ihr beide wart immer zusammen oder etwa nicht? Wie hätte Hansen Vater treffen sollen, ohne daß ihr dabeigewesen wäret? Und dann hat er ihn auch noch zu einem Zeitpunkt getroffen, als er gerade wütend war und unter Begleitumständen, die Hansen sein Gesicht dermaßen eingeprägt haben, daß er sich fünfundzwanzig Jahre danach noch an die Ähnlichkeit erinnern konnte.

Dafür gibt es nur eine Erklärung. Mein Vater war nur auf seiner letzten Reise zur Venus von euch getrennt, und Hansen war bei dem Mord anwesend. Und er war damals auch kein einfaches Mannschaftsmitglied. Einfache Besatzungsmitglieder werden nicht so reich, daß sie sich einen Luxusasteroiden einrichten, und Mittel darauf verwenden können, fünfundzwanzig Jahre nach den Strafaktionen der Regierung im Asteroidengürtel eine neue und noch größere Organisation aufzubauen. Er muß der Kapitän des angreifenden Freibeuterschiffes gewesen sein. Damals muß er so um die dreißig gewesen sein; ein Alter, in dem man durchaus schon Kommandant sein kann.«

»Allmächtiges All!« sagte Conway bloß.

»Und du hast ihn nicht einfach abgeknallt?« rief Bigman aufgebracht dazwischen.

»Wie sollte ich? Es ging doch um viel wichtigere Dinge als eine persönliche Abrechnung. Er hat meinen Vater und meine Mutter ermordet, stimmt, aber ich mußte nichtsdestotrotz höflich zu ihm sein. Wenigstens zunächst.«

Lucky hob die Kaffeetasse an die Lippen und nahm sich Zeit, einen Blick auf die Stadt zu werfen.

Dann sagte er: »Hansen wird den Rest seines Lebens im Merkurgefängnis zubringen, und das ist eine schlimmere Strafe als ein schneller leichter Tod. Und die Siraner haben sich von Ganymed zurückgezogen, das bedeutet Frieden. Das ist eine bessere Belohnung für mich, als es Hansens Tod wäre, selbst wenn er zehnmal hingerichtet worden wäre; und auch für das Andenken meiner Eltern ist es besser so.«

ENDE